勋

著

河秋意图

四川文艺出版社

图书在版编目（CIP）数据

小河秋意图 / 朱光明著. — 成都：四川文艺出版社，2020.7（2021.9重印）

ISBN 978-7-5411-4830-9

Ⅰ. ①小… Ⅱ. ①朱… Ⅲ. ①诗集－中国－当代 Ⅳ. ①I227

中国版本图书馆CIP数据核字（2020）第085954号

XIAOHEQIUYITU

小河秋意图

朱光明　著

出 品 人	张庆宁
责任编辑	程　川　苟婉莹
封面设计	叶　茂
内文设计	史小燕
责任校对	段　敏

出版发行	四川文艺出版社（成都市槐树街2号）
网　　址	www.scwys.com
电　　话	028-86259287（发行部）　028-86259303（编辑部）
传　　真	028-86259306

邮购地址	成都市槐树街2号四川文艺出版社邮购部　610031
排　　版	四川最近文化传播有限公司
印　　刷	三河市嵩川印刷有限公司
成品尺寸	142mm×210mm　　　开　　本　32开
印　　张	6.75　　　　　　　　字　　数　140千
版　　次	2020年7月第一版　　印　　次　2021年9月第二次印刷
书　　号	ISBN 978-7-5411-4830-9
定　　价	39.00元

从成都出发的文学新力量

熊 焱

成都历史悠久，人文荟萃，三千年城址未迁，两千年城名未变，成都以其源远流长的文学传统、得天独厚的文学环境、蔚为大观的文学气象，缔造了恢宏、不朽的文学丰碑。司马相如、扬雄、杨升庵、巴金、李劼人等文坛大家在此出生，李白、杜甫、苏东坡、陆游、陈子昂、李商隐等诗歌巨擘，或在此为官，或在此客居，或在此游历，均为成都留下了家喻户晓、彪炳史册的名篇佳作。尤其是诗歌，已成为这座城市独有的、鲜明的文化符号和精神象征。"自古诗人例到蜀"，成都以其雄浑壮阔的文化底蕴、优雅闲适的生活品位、独树一帜的城市气质，成为文人们争相朝拜的文化圣地，孕育了"创新、创造、优雅、时尚、乐观、包容、友善、公益"的天府文化。

为传承成都悠久的文学之光，弘扬博大精深的天府文化，整合省市文学资源，凝聚成都文学力量，培养成都文学新秀，扶持和推进成都青年作家的快速成长，成都市作家协会联合四川文艺出版社推出"成都作家·新力量"书系，努力将其打造成一套有品质、有格调、有责任的文学精品。每年遴选三到五位有潜质、有冲劲、有良好创作前景的成都文学新人，为他们出版个人专著，面向全国发行。这里的文学新人，不仅仅只是年龄上的新，还是创作手法、文学理念的鲜活、前卫、开放。本辑推出的三个文学新人分别是青年小说家小乙、杨斐，以及青年诗人朱光明。小乙以扎实的叙述、细腻的笔触，描写了成都这片土地上的打工者、都市白领、小镇平民、商人等小人物的人生冷暖和悲欢离合，揭示了纷繁世相中普通民众的生活现场和精神世界。杨斐的小说没有追随鸡毛蒜皮的日常生活的创作大流，而是以诡异的想象、魔幻的意象、斑斓的片段构建另一个真实的，而又远离于庸常的现实困境的世界，去展示一系列幽微、曲折的精神图景。朱光明从小在乡村长大，年少时叛逆的他却有着一种极具"正统"的诗歌抒情，他以温暖的笔调、澄明的吟唱，去回首岁月，打量现实，俯身自然，从中探询人与世界、生命与自然的多重联系。在这个浮躁而快速的时代里，朱光明诗歌中宛如明月清风一般的抒情秉性，恰恰是一种难能可贵的诗歌品质。

文学青年是文坛的后备力量和生力军，他们以更加开放、先锋、新锐的文风，为文坛带来新鲜的气息和活力，形成新的文学形态、题材类型和创作理念。毋庸置疑，当下生机勃勃的文学青年必将成为文坛未来的中坚力量。其中脱颖而出的佼佼者，甚至有可能成为卓越不凡的文学大师。

近年来，成都的青年文学队伍不断壮大，比如颜歌、七堇年、余幼幼、程川、罗铖、吴小虫、王棘、杨斐、朱光明、贾煜、唐一惟、潘玉渠、宁航一、简柒、佐桥、龙小羊、谢云霓、刘采采等一大批80、90后青年作家、诗人快速成长，风格各异，佳作频出，为成都文学的锦绣大观增添着熠熠光华。我期望着，更多的成都的年轻作家们能够勤耕耘，多奋斗，深入生活，扎根人民，创作出更多无愧于时代的优秀作品。

目录

第一辑：我没有山坡上的草那么幸运

第二辑：我原谅了一条河流的全部

第三辑：生活在大地上的蚂蚁，举起的是整个世界

第四辑：小河安静地流淌，我也没有哭出声

第五辑：山河啊，有大美，而人世却有大悲

第六辑：秋天里的树叶像往事一般

第一辑

我没有

山坡上的草

那么幸运

山坡上的风

风一下子就把山坡上的绿草
吹成了枯草。总有那么一天
作为补偿，风
还会把山坡上的枯草吹绿

而我这个在山坡上长大的孩子
却没有山坡上的草那么幸运

风一下子就把我，从年少
吹成了年老
且再也不会像对草那样
把我由年老重新吹回年少

大草原上

大草原上，落满大雪

大雪打在了马背上

大草原上，空无一人

大草原上，满是大雪的声音

我骑在马背上

聆听大草原上的大雪

草原是大草原，雪是大雪

大草原上，雪很大

大雪的声音，也很大

大草原上

除了我，其余的都很大

远　方

如果不是鸟群来过

如果不是命运来过

我想我永远也不会离开她

去涉足遥远的远方

离开她，离开我那深爱的

青梅竹马的黑皮肤姑娘

远方啊远方

青青草原很美

水墨江南很美

姐姐美呀

妹妹美呀

还是我那黑皮肤姑娘最美

夜过古东关

驶过沧海桑田十年巨变的县内班车
今夜，载着我，和一批
赶路的乡民，夜过古东关

夜深了，古东关也深了
班车驶过的声音也深了
幽深了，深远了

班车轻快地高速行驶
发出火柴般轻快的驰掣声
照亮古东关一个细小的角落
仿佛这班车又在这古东关之外
隔着时空隧道
从天堂或夜空中掠过

总有那么一辆车，迎面驶来
亮着明晃晃的灯光
鸣着意味深长的喇叭

打破眼前这一切

打破

又恢复

一田在坚守最后的玉米

在这一年中最后的时光里，我最后一次写到
村庄里最后的一田玉米
在它们这一生中，也就是在这一年的时光里
穗浪扑天般源源不绝的失望与绝望
朝它们涌来。它们一个挨着一个，整整齐齐
坚守着村庄，自己的信仰

坚守着那颗隐藏在深处的作怪的灵魂
失去了天花，还有穗子
失去了穗子，还有苞米
当丰满的苞米也放弃挣扎，垂下头来
无尽的失望与绝望，在这一年最后的时光里
在村庄最后的一块玉米田里
铺成一田只有死亡才有的平静

我不知道这田坚持了村庄后又坚持了死亡的
玉米秆，它们还会坚守多久，还能坚守多久
就像我不知道眼前的这一田玉米
我还敢看它们多久，我还可以看它们多久！

写给叶赛宁

沉重忧郁的俄罗斯风情

多么迷人。田园风光，多么迷人

乡村与城市在夜晚合并

乡村最后的诗人，你将何处安生？

感情虚假缠绵，多情的诗人

你将如何从中抽身？

做一个放荡的天才诗人

背着真情，背着乡村，做一个抒情的诗人

莫斯科酒馆之音传满世界

结局不可挽回，预言却是如此准确

再见吧，诗人叶赛宁，生亦何欢死亦何苦？

何况死，并不新鲜；生，也不稀罕

读懂一只蝙蝠的阴暗

作为一只蝙蝠，你懂得阴暗或许算不了什么
可你不仅懂得，你学会了应用
在阴暗中悟出一套独特生存的密码
亲手打开了自己的生命史

废弃民房的阴暗处，是你的落脚点
内部精巧的你，善于感应
外界的精彩与你的阴暗格格不入
难怪你会拙于想象，难怪你会疲于想象

精彩是病，阴暗是病
分别根植于某个精彩的高处
阴暗的角落，且不易察觉
不易治愈，愈发恶化

躲在这废弃的民房里，我和一只蝙蝠对视
躲过外界片刻的精彩
读懂阴暗，读懂阴暗中的蝙蝠
读懂一只蝙蝠的阴暗

春　潮

小河的上游住着我心爱的人
小河一夜间涨了春潮

带着桃花朵朵
千里迢迢来到我的跟前

潮之渺渺，有如其心
桃之夭夭，有如其人

于是，我把它当作了
她对我发出的爱情的信号

关于火车的推理

火车行驶
依靠的是铁路

也就是说
火车行驶
不能没有铁路

铁路修建
依靠的是工人

也就是说
铁路修建
不能没有工人

没有工人
也就是说
铁路不能修建

铁路不能修建

也就是说

火车就不能行驶

关于火车

这个行驶的大家伙

一番推理出来

工人处在其核心

山　脉

和天堂的雪花相比
巴山更高
秦岭更阔
山脉隐藏的幸福更深

一旦天堂不死
一旦山脉开花
村庄农妇
拖儿带女，幸福不远

河　流

我始终相信

一条河流

承受的东西，比我多得多

一个青年的轻生

一个丈夫的背叛

一个孩子的顽皮

一个小小的意外

甚至是夜黑风高的秘密

以及数不清的血液

兽尸、残羹、剩菜

失灵闯入禁区的小汽车

肆意侵犯的挖掘机、大卡车

我始终相信

一条河流

是大自然美丽呼吸的器官

从起点到终点，一条河流

就像是人美丽的一生

绝不是那些因为私欲、罪恶、放肆

患上的毒瘤

而安插的排毒器

不是，绝不是

我始终相信

一条河流

横穿城市、乡镇、工厂、学校

是遭遇了绑架

绝不是出于上天的安排

绝不是出于河流的自愿

我始终相信

一条河流

受尽屈辱、耗尽气数的终结

绝不是终结

而是开始，是我们无法选择的开始

我们站在山冈上

我们站在山冈上
被风吹着
被雨淋着
被爱包围着
站在山冈上

美丽野生的麦子
个头高过山冈
踩着泥土
迎面送来苦香
我们站在一首诗的山冈上
顶着天空痴心妄想

青春的雨水
把雷电留在远方
独自守着山冈
远方啊远方
山冈眺望不见的远方

我们站在野草丛生的山冈上
想起头顶天空的悲凉

反复预示着未来的花朵
在黄昏绽放
一簇簇，一朵朵，姹紫嫣红
被风吹着
被雨淋着
被爱包围着
站在山冈上

于此录

山脉于此，高峰于此，峡谷于此
横亘竖直于此，起伏蜿蜒于此
凸于此，凹于此，阴阳于此，纵横于此
造化于此，教化于此，民风于此

大巴山山脉于此，嘉陵江水域于此
秦岭于此，汉江于此
山脉于此，水系于此
山山连脉于此，水水相通于此
水浓于血于此，水浓于母乳于此

男人于此，女人于此，稻麦于此，柴火于此
矮种马于此，千里足于此，巴山于此
庄稼汉子于此，村庄农妇于此
猎户于此，隐者于此

白沙河于此、大竹河于此，分道于此、扬镳于此
八台山于此、花萼山于此，山与山峰指于此

人与人相望于此

山与山信任于此，水与水个性于此

苦难降临于此，幸福诞生于此

野花生于此，青草发于此，石头开花于此，大树挺拔于此

太阳于此，月亮于此，北斗星照于此

秦岭于此，巴山于此，秦巴连脉于此

季风于此，气候于此，川鄂陕渝于此，界碑于此

山于此，水于此

生于此，活于此，长眠地下于此

巴人的居室

巴人的居室

在夜里静默沉迷

清晰有如盲人的呼吸

月光伏在山脉上

沉重有如垂暮的老人

在夜里醒来的喘息

大风临照，吹灭星火

巴蛇吞象，巴人的居室

明亮有如月光遁入的身体

照亮大山深处

一个大山子孙

与巴人祖先的对话

第二辑

我原谅了
一条河流的
全部

穿墙术

我的灵魂

拥有着强大的穿墙之术

拖着身躯这个包袱

一次次去穿越生活的壁垒

像光束穿过玻璃

像尘埃渗透密封的单反相机

凡世间一切，皆可穿越，时光亦可

但首先要善于穿越

我的穿墙之术

绝非凭空想象，痴人说梦

我相信，再强大的事物，也有着细微的突破口

抑或别致的突破方式

等着我去发现，去突破

当然，也包括我强大的穿墙之术

我的穿墙之术，正在进行之中

我的灵魂，正穿越在壁垒之中

我的灵魂拥有着如此强大的穿墙之术

身体这个包袱，仍然在外拖累着我

词　语

我热爱山脉

我热爱山脉隐藏的深邃的河流

我热爱山脉代代流传

我热爱方言托起的天堂

我热爱母语孕育的幸福

原谅我知识的匮乏

无法辨认山脉留下的更多的词语

原谅我创作的匮乏

无法创作出更多的

像山脉、岩石、河流、水系、柴火、庄稼……

这样的

听着就让人幸福的词语

原谅我，原谅我

我词语上的河流、高峰、星辰

我词语上出生、劳作、成长

生儿育女、成家立业的祖辈父辈

原谅一个不肖子孙

对这山地先民奉为圣物的

方言和母语构成的词语

曾一而再，再而三的误读

村庄里的大龄儿童

在我的村庄

有一批留守的

大龄儿童

他们不识字

不上学

不看电视

不关心社会

不串门

不扎堆

游戏重复

语言重复

话题重复

他们顽皮的天性

因此疲倦

变得呆滞

分散在各自的屋里

山坡或田坎

他们人均年龄

六十岁

以上

我从县城回到家里

推门的声音

像是集合的口哨

把他们迅速聚拢

他们以老人的口吻

问着儿童关心的问题

我叫他们

叔

伯

婶

娘

河流之美

我了解河流之美

我了解一条河流的流淌之美

我了解一条河流的潮汛之美、深邃之美、清澈之美

我了解河流之美

我了解一条河流流过的夜色之美、传说之美

我了解一条河流流经的村庄之美、庄稼之美、姑娘之美

我了解一条河流

如了解我的前世今生

我了解河流之美，流逝之美

大雁塔

从千里之外赶来大雁塔
想要爬上去做一次英雄的我
因为五十块钱的门票
纠结了好久好久
最后一咬牙，再一跺脚
决定这个要买门票的英雄不做了
不做后悔一时
做了后悔一世

仰天大笑出门去
离开大雁塔
我忽然想起
现在那些正站在高处的真英雄
是不是都曾买过门票
比五十元还要高得多的门票

山坡羊

我所说的山坡羊

不是北曲中吕宫

不是南曲商调

而是陕西农村

普普通通的老山羊

它们在这骊山的山坡上

食草、饮水、交配

喜欢陷入沉思

喜欢用沉默来支配着一天的生活

它们在这骊山的山坡上

有着还算肥美的青草

还算清澈的水源

它们极其容易就此沉醉

在一只羊的幸福生活里

而我，在这骊山的山坡上

有着爱沉默的山坡羊

我由此不忍怀古

我不忍高谈阔论，生怕惊扰了它们

钉　子

年过四十的父亲母亲
在远方城市的工地上
长年累月，一手一把铁钉
一手一把铁锤
钉钉子，是他们的全部生活

他们日复一日，年复一年
按照设计师的图纸路线
一锤一锤
把一枚枚长长的铁钉
深深钉进房梁
钉进墙壁，钉进他们自己的生活

疼痛不可言说，父亲母亲都不说话
只有铁钉和铁锤，打着闹着
钻心刺耳的金属碰撞
是他们生活里唯一的声音

祖父的病

祖父的一生，患过许多病

脑病、肺病、腰病、腿病

大都不值一提，祖父不怕它们

只要祖父鼓起精神挺一挺腰板

抽一斗烟，喝一盅酒

这些病就会像疲劳一样瞬间消失

祖父最怕的还是草

田里的草、地里的草、菜畦的草

院子的草，只要是草，祖父都怕

草刚一冒头，祖父的心就开始隐隐作痛

草刚一拔节，祖父的心就有了一个死结

草长得越茂盛，祖父的心就疼得越厉害

祖父不停地用镰刀割草，用锄头薅草，用手拔草

努力祛除心头的疼

祖父除得快，草也长得快

一年来，二年去

草成了祖父驱之不去的心病

与病魔斗争，占据了祖父的一生
祖父的一生，也都在被这块心病折磨
结果不用言语
到过我家乡的朋友都知道
是草战胜了祖父
还把旌旗插到了祖父的坟头

我原谅了一条河流的全部

当一条河流淌在自己的声音里

只和自己说话。我便原谅了它四季的面孔
原谅了它在春天的滥情
在夏夜的鲁莽，在秋日的窘迫
和在冬季的沉默

程序不可更改，生命更是无法选择
这是命运，是河流
是我自己的
排队等着我的生命程序

从高处到低处，河流只需保持一种向下的姿势
遇到顽石，退让即可
遇到花丛，从容抽身即可
遇到陷阱，往里钻即可，遇到悬崖，往下跳即可

由此，我不再相信许多关于河流的说法

比如：一条河流从大地上无故消失

比如：一条河流在湖泊里郁郁而终

比如：一条河流汇入长江趋炎附势

再比如：一条河流在入海口丢失

当一条河流从我的身边哗哗流过

在低处，呼应着我的内心深处的暗语

我便原谅了它的全部

俗世中，我便有了我唯一的知音

母亲记

在西安的某建筑工地，有这样一个女人
她来自四川乡下，她瘦小，她羸弱
她身高只有一米五，体重也只有八十斤
她没有文化，甚至也没有一身好的体力

就是这样一个女人，她每天起早摸黑
来回穿梭于工地的角角落落
一双破口的帆布手套，任她与砖块、木板死磨硬泡
一双三十六码的胶鞋，也任她与假期、经期过意不去

除了吃饭睡觉和上厕所，就再没有人见过她休息片刻
她总是喜欢与自己的手掌较劲，常常把它弄得血肉模糊
即使是这样，你仍别指望她会停下来
只要随意撕掉衣服上的一块破布缠上，她就还会继续

她一直是工地上众人的话题，众说纷纭
有人说我从未见过如此不要命的人
有人说她是想钱想疯了

也有人说她人挺好的，但怎么就是一个如此苦命的女人呢

关于这个女人的底细，只有我最清楚
她有一个贫穷但还算和睦的家庭
她育有一儿一女，儿子在县城上高中
女儿在省城上大学，每年都需要大笔大笔的学杂费用

她拼命赚来的所有工薪，在她的手里从来不会停留太久
只需要验钞机一般过上一番
她就会一分不留打往这双儿女的银行卡上
这是一向节俭的她，用钱最为干脆最为大方的时候

需要说明的是，在她眼里，也仅仅是在她眼里
她的这双儿女，非但不是她的负担
反而还是她劳苦生活中的唯一甜点，是所有的委屈
辛酸、劳累、疼痛……最为有效的调味剂

就是这样一个女人，她瘦小，她羸弱
在西安的某个建筑工地上，她心比天高
比如她多次自言自语地发出豪言：我至少还可以为我的儿女
　　再干上十年
比如她多次梦见她已偷偷为女儿备好了嫁妆为儿子备好了

住房

就是这样一个女人，她仿佛已经忘记她早已年过四十
她仍每天起早摸黑，来回穿梭于工地的角角落落
她的心比天还高，仅仅因为她是我的母亲
但正午那毒辣的太阳告诉我：她的命只有纸薄，她的一生都
　在辗转飘零

献　诗

花朵之所以纷飞，就是因为在季节里
有许多的事情她无法说清
以至于，和这片山冈有了隔膜
就此大片大片地落下

毋庸置疑，我们所熟悉的一草一木
一山一石
都是如此
就连我们，也是如此

植物们呀，略带忧伤且静默沉迷
从何时起，植物们的一年四季
都有着脱胎换骨的美了呀，美呀，美呀

亲爱的，坐下来吧，坐成一卷好山色
一年，两年，十年，百年……
只有好山好水，才配一辈子的相偎相依

麦子之诗

我常披一袭夜色
偷偷来到麦床上

死死搂住麦子的纤腰
把人世间最隐秘的爱

说予她听赠予她藏
做予她爱

全然不顾她的感受
自顾自地抒情一通

村庄灯火不惊
沿岸狗吠不醒

父亲与香烟

父亲喜欢抽烟，九毛的金盆景，一块三的
攀枝花，以及两块的五牛，四块的天下秀
这些香烟都是父亲最常抽的
而且，这些香烟，在各个时代
也是最廉价的

父亲累了疲了，常常喜欢呆坐
点上一支，一言不发
看起来一副很享受的样子
这般画面，曾把我深深吸引

以至于，在我十六岁的那年
未曾挡住诱惑
背着父亲，第一次偷吸了他的香烟
香烟的味道，让我泪流满面
我至今不曾对任何人提起

这个与香烟、更与父亲有关的秘密

在我心中，如光片上父亲

肺部的阴影，透过它

我可以清楚地看见父亲的一生

火车穿过大山

火车穿过大山
沿途留下一道光束
大山啊大山
像是寂静的夜空
瞬间被光明照亮

火车穿过大山
就像是一枚，从城市
射出的流星
加快了速度
放慢了照明效果

大山的密码

在大巴山，在祖先歌唱过的山脉顶端
我诞生了
和太阳一起诞生了

我得以与太阳齐名
我得以，与生俱来
掌握着大山里的密码

大山里
我一声啼哭
就轻易打开了满山的幸福

山海经

在广阔的大海上，世界如此安静
以至于我在潮起潮落中
看见一座座雄浑奔放的山峰
那是我童年居住的地方

那时的我，有着男子汉的坚定
总是吸附于悬崖峭壁
一次次追逐日出日落
上山又下山，万物静默，只剩下我

恰如此时此刻，在早出晚归的差旅中
偷得片刻空闲，散步、观海
感动突然而至，屏住呼吸也没有用
我的内心早早响应了奔腾不息的浪潮

起风了，有海鸥消失于苍苍暮色
我背负生活的大山，消失于茫茫人海
不知道去往何方，但我知道：
山的尽头一定是海，海的尽头一定是山

无　题

少年时代世界以我为中心

周边围绕着酒精、诗歌和女孩子

如今我是迷途难返的羔羊

陷入生活的怪圈，时而围着工作转

时而围着车子、房子转

时而推开窗户，望着城市发呆

孤独而又忧伤，像是置身于世界之外的人

生活在
大地上的蚂蚁，
举起的是
整个世界

草　赋

亲爱的，在你进入这片草地之前
请再三切记，无论它们是否温顺
是否顽皮是否洁净
千万不要却步，也不要拉下脸
更不要为了保护裙子
粗犷地推开它们
它们的感情，需要你精心呵护
如果它们是你的亲戚
如果你是草民

赵塘村的女人

赵塘村的女人
是赵塘村的男人
从十里开外
百里开外的镇子、村庄
用毛驴、骡子、耕牛
娶回的妻子，她们叫：
赵塘村的女人
她们是：
世上最好的女人

赵塘村的女人
像刮进赵塘村的风
在死气沉沉的赵塘村
吹起炊烟袅袅
吹起麦浪滚滚
还吹起流言、蜚语、祸端
······
有了她们

赵塘村，顿时风生水起

赵塘村的女人
是世上最好的女人
赵塘村和赵塘村的男人
也跟着沾光
成了最美的村庄
和最幸福的男人

谢谢她们
谢谢她们
她们是赵塘村的女人

无　题

从放牛娃到师范保送生

到普通村夫，到七个孩子的父亲

到国企干部，到下岗职工

再到乡村最后的知识分子……

心有家国情怀，在报纸上知晓天下事

脚有无形枷锁，在大巴山中画地为牢

当血压高过你的自尊

一种种疾病占据着你的身体

早年你曾咽下的那一肚子苦水

也以腹部积水的形式

如今卷土重来

残忍地逼迫着你在晚年妥协

疾病发作，你失声痛哭

却又羞于面对子女

像是做错事的孩子

神情不知所措

这是你从未有过的一面

外公，看着你疼痛看着你晕倒
我不知道，该用什么样的字
什么样的词，组成什么样的句子
写成什么样的一首诗，用以记述
哭诉、赞美……来总结你的一生

和父亲单独相处的时候

父亲性格内向

在家

还是炮耳朵

平日很少说话

父亲和我的话，也少得可怜

唯有我和父亲

单独相处的时候

我们才打破平常的沉默

话出奇地多

滔滔乎流水

主要是他说，我听

话题主要有三

一是说母亲坏话

二是擂吹自己

三是教训我

说是在教训我

更像是在警告我

警告我不准向母亲告状

其实不然

他完全可以

把更多的时间和精力

用在说母亲坏话

和擂吹自己上

父亲不知道

即便他不教训我

我怎么也会

守口如瓶

就算是

固守父子俩

唯一的一块空间

火车驶过我的村庄

火车驶过我的村庄
写下一首长长的诗
叫我说，诗是好诗
就是读来太直
太硬、太冷、太疼

一只蚂蚁举起的重量岂止那么多

从一粒米饭到一只昆虫的尸体
这些都是蚂蚁最常觅到的食物

这些食物
都远远超过了蚂蚁自身的重量

弱小的蚂蚁，又是推，又是拉
最终将它们高高举起

一只蚂蚁举起的重量岂止那么多
如果我们重新审视，倒置一下视野

生活在大地上的蚂蚁
举起的就是整个世界

大湾梁上的时光简书

在大湾梁吃草的牛羊突然停了下来
陷入沉默
在某个瞬间
抖落全身酥痒的阳光
时光就慢了下来
如果抛开生命不谈
生活真的就近乎永恒了

风生水起
日子如此耀眼
我已分辨不出是天上的浮云
还是眼前的羊群

母亲四十岁
才从一片庄稼林里脱胎而出
赶着慢了下来的时光
满山闲逛

一个人的孤独书

从大湾梁，到白沙镇上，到万源县城
甚至是到省城成都
首都北京
无论是乘车，还是步行
都要不了多长时间

十九岁的我，什么都缺
唯独不缺时间

在漫长的旅途中
走着走着，走着走着
就特容易犯浑
自己跟自己较劲儿
自己跟自己抱作一团
扭打、撕扯起来

一个不小心就双双陷进
夜晚的深渊

漫长而又辽阔

一望无际

像是被无限放大的阴影

灯光也无法驱散

作为大山的子孙

走出大山的路途

我注定一辈子孤军奋战

我注定一条路走到黑……

在那一望无际的黑夜里

在那宽大的河床上

当你看到淌着的那条

身形和我一样

瘦弱的河流

你就完全可以想象得到

我所能触摸到的

注定只能是一河无尽的

悲凉

和忧伤

故乡河流的悲哀

故乡的河流，姓名使用天下河流总称
河流，看似大气实则是悲哀的

故乡的河流，悄然隐于暮色之中
水流量尚且不足以称之为河流

大地苍茫辽阔无垠，江河湖海如珍珠串联
小重山已过，故乡的河流归于地表

相比于长江黄河这样的大江大河
故乡的河流无名无姓、无依无靠
碌碌终生、无疾而终

相比于长江黄河这样的大江大河
故乡的河流，从起点到终点
澄澈清明一生，是它摆脱悲哀唯一的理由

一条流浪狗每天都做些什么

躲避棒槌躲避狗贩子
躲避大街上来来往往的车辆
换句话说是逃命保命

找剩饭吃找骨头啃
找馒头吃找包子吃和找水喝
换句话说是谋生存

而这两件事情它都必须同时进行
我只能说这是一条流浪狗的本能

如果一条流浪狗还能找到另一条流浪狗
结为配偶，交配生子
那么我就可以说它懂得了生命

除此之外，如果一条流浪狗每天还有时间
对着路人对着天空对着夜色对着大地
疯了一样汪汪乱叫
那么我就可以说它和我一样产生了思想

大　限

外公病重

医院也无法治愈

弥留之际，外公想起做了一生的好人

一心向善，不仅做了一生的好人

还做了一生的好事

如今并没有得到好报

外公开始一心向恶

先是赌气

拒绝饮水进食

半夜呻吟，折腾家人

脾气变幻无常

半个月来

外公的恶愈演愈烈

发展到后来

开始发脾气

无故发脾气

骂了天咒了地还不算

又开始咒骂子女

摔杯子

砸人

朝人吐唾沫

外公越是如此

一家人越是小心谦让

一家人彼此心照不宣

各自心底下了一道死命令

打不还手，骂不还口，赶也不走

外公没辙

只好自己号啕大哭

像是受了天大的委屈

所有人都以为外公是老还小

老还小

只有我知道

外公是达到了大限

大限的大

大限的限

外公的墓志铭

荒山荒地，再配上荒凉的人世
这便是他长眠的地方了

他叫毕朝寿，身份证一生都印着
四川省万源市茶垭乡三煤区村村民的身份
他也是师范学院保送生
茶垭公社国企农机站站长
四川省优秀共产党员
更多的时候，他是一个农村妇女的丈夫
七个子女的父亲，十个孩子的祖父

他一生都在外奔波劳碌，却依旧穷困潦倒
但他为人正直，他在为官二十余年中
不曾收受过一分一厘的贿赂
国企改制后，下岗、回家、务农
他的子女仍然个个贫穷
但家庭和美，日子还算幸福
他的十个孙辈，正一个个长大

和待他的七个子女一样

他并不希望他们大富大贵

他只希望他们生性善良、为人正直

一生幸福安康便好

他晚年多病，弥留之际仍不忘催促家人

到乡政府代缴最后一次党费

他的一生有他的信仰，党和国家

他生于一九四〇年六月，卒于二〇一三年九月

他的一生过于平庸，过于简单

原谅我除此之外，再也罗列不出关于他的半点生平事迹

我们都是被生活所掩埋的人

走在街上，我是被人潮所掩埋的
回到家里，我是被琐事所掩埋的
去往医院，我是被恐惧所掩埋的

掩埋我的还有未来、前途、钞票、希望与绝望
脸色、冷漠、制度、债务
还有各种的条款、单位的上司、领导的训斥

我是那样的渺小，那样容易被掩埋
不过，偶尔有空，我会钻进一首诗里
呼吸呼吸新鲜空气

一种可怕的美已经产生

这句话是爱尔兰诗人叶芝
一百年前为我量身定制的

他或许早就知道
我这个来自乡村的少年
会抗拒城市美学传统
会对那些皮肤黝黑的妇女
一身汗味的搬运工
甚至是大嗓门的小商小贩
大加赞美
我会认为他们的美
是全人类的美
美学意义上终极的美
也不过如此

而那些衣着亮丽
却一脸谄媚的人
我一概视而不见

在他们看来

我的美学是可怕的

于

是

乎

一种可怕的美已经产生

大　小

宇宙很大
但我只知道比它小的地球

地球很大
但我只知道比它小的亚洲

亚洲很大
但我只知道比它小的中国

中国很大
但我只知道比它小的四川

四川很大
但我只知道比它小的达州

达州很大
但我只知道比它小的万源

万源很大

但我只知道比它小的我

就连小小的我也很大

大得我只好寻找我更小的心脏

千万不要惯性思维

以为我的心脏真的很小

小得无法再小

其实它很大很大

故 乡

在川东北地区，在大巴山腹地
也就是：大湾梁上生养我的
这片苞谷林所在的地方
在这里，我的身体我的内心
还有我的思想，必须三线合一
必须与这片土地的温湿程度
干燥程度，保持高度一致，必须
一辈子保持这种生活姿势
端着一把装有幸福的火枪，守卫
祖先与神灵共同创造的信仰

在这里，男人女人，老人孩子
都有一种信仰。但除了我
他们其他人一概不知，他们只知故乡

自画像

一如他身后的这片青草

表情卑微、胆怯

早在他才出生的那一刻起

就把心和根，一并

交给了泥土，至于他的凡胎

肉体。等他无常之后，他自会交付

如今，他在世俗中

既享受着阳光，也忍受着风雪

他在那里，草芥般

懂得了，安身立命

亲爱的人们呀

如果你不去把他践踏

那就是对他最好的爱护

龙泉驿的菊红脆

她们不仅有着我想象不到的红润
丰满、健康，以及自信的笑容
她们还有着我想象不到的卑微、廉价

城市人渴了饿了，甚至是闲了的时候
都喜欢剥去她们的外衣，优雅地享用
把她们的苦和痛，压榨成他们生活的甜点

最终只剩下既吃不下，也不愿享用的桃核
被随意抛弃，也就是她们生命中最坚韧的部分
在这座城市里，也注定扎不下生存的根

她们是菊红脆，最好的水蜜桃
来自贫穷而美丽的乡村，因为贫穷
她们的家园容纳不下姐妹众多的她们

在龙泉驿这座汽车工业城，每当我看到
一车车桃子从山上的乡村运来，又被一兜兜买走
我这个漂泊的异乡人就会全身不寒而栗

歌　手

我宁愿相信是这座城市
身心俱乏，在夜色中
想起一些辛酸往事
情不能自已，呜咽
忧伤从骨子里溢了出来

也不愿正视眼前的事实
天府大道的流浪歌手
在凌晨时分仍不肯离去
那茕茕孑立的身影
唱着悲音不绝的生活之歌

第四辑

小河
安静地流淌，
我也没有哭出声

在古东关，眺望县城全景

从县城的生活中抽身而出
借着麻纺厂后的百步坡
把自己抬升到八百米的高度
在古东关，眺望县城全景

短暂的时刻，有限的眼光
一个人伤感起来，高楼便跟着
汹涌起来，瞬间淹没市场规则
社会定律，以及我寄居的房屋

这是一座怯懦的县城，没有冷漠
没有孤傲。只有一城抑郁
委身于巴山腹地，后河河谷
在群峰的夹缝中，谋生存，求发展

古东关上，我并不想借一座县城自喻伤怀
我只想静静地站立，与世无争
与县城无关，就像这阅尽沧桑的古东关
还像这古东关上每一株沉默的植物

任　河

一旦有了说不出的心事
就沿着任河走走
去看那波光闪烁、河水流淌
多像一个人的表面与内心

在没有另一条河流懂它们之前
注定要一辈子遥相呼应
修掩习饰，对于外来的一切
只能做出最本能的防范

汉江支流，任河段上
哪怕太阳强烈，哪怕水波温柔
一切试图穿透事物本质的努力
注定都是徒劳的

只是一个普通的正午
我在任河沿岸的小镇
闭目遐想，心事便落到了水中
如高山般沉静，抗拒着流逝

高　处

这里就是高处了
八台山的最高点
海拔2348米

高处的视野是开阔的
高处的处境是危险的
高处的氛围是孤独的

高处的空气是稀薄的
高处的阳光是疼痛的
高处的温度是寒冷的

高处的石头是坚韧的
高处的植物是健康的
高处的人，是无所适从的

高处的位置
是我自己
累死累活爬上来的

我突然间理解了某些世俗的赞美

时不时喜欢发呆的父亲

越来越像一棵大树

有着大树的沉稳与坚韧

也有大树的年轮似的纹理

密密麻麻，布满额头脸颊

不用细数，肯定是四十三道

按照树龄来算，父亲正值壮年

应该高大挺拔，枝繁叶茂

事实上，父亲这棵大树骨瘦如柴

头顶的树叶开始斑白、脱落

我偶尔会听见父亲这棵树

身体里发出咯吱咯吱的响声

父亲每响一声

我的心，就跟着疼一下

我突然间理解了某些世俗的赞美

比如：小学生总会在作文中写

父亲像大树天空一样撑起整个家

桉树林

我很想知道我眼前的这片桉树林

为什么能终日保持沉默不语

不说话，不读诗，不歌唱

为什么总是固守脚下的土地

不外出，不远游

这些桉树的生活方式

会不会有孤单的时候

会不会觉得生活枯燥乏味

这些桉树是以怎样的方式开花、结果

又是以怎样的方式高大、挺拔

它们如此平静的一生，会不会也要经历

成家立业、生老病死

这些人一生都必须经历的生命历程

我的一生可不可以像它们这样活

在这茫茫大巴山中，我的这些疑问

也是云雀的疑问，松鼠的疑问

起风了，桉树林沙沙作响

是否隐藏着深意？我无从知晓
只觉得这有点像我发呆时突至的叹息

重庆，重庆

——致SY

重庆，重庆，重庆也挺好

这是一生中最美的时候了
你要一个人，一个人

告别此前所有的岁月，和所有的朋友
你要一个人，一个人

去重庆，去重庆，重庆也挺好

密码箱中，你唯一的行李
是我们一起翻过的《茨维塔耶娃集》

故乡的秋色

我怀念的不是满山遍野的枫叶林
我怀念的不是泛着金色光芒的麦浪
我怀念的不是候鸟南来北往

我怀念的是祖父黝黄黝黄的脸庞
镌刻着岁月写下的诗行
像是秋天的树叶，纹理清晰
有着时光浸染的细腻通透

金马河边的芦苇

这个秋天我在金马河边
散步，静坐，哭泣
一些丰茂的芦苇陪着金马河
也陪着我

我喜欢它们头顶一场白雪
却不知该下往何处
我喜欢它们在我耳边低语
但我听不懂它们在说些什么

秋风中，它们刚一摇摆
在我心中
一些故人、一些往事
便应声恍惚起来

这个秋天我在金马河边
散步，静坐，哭泣
和那些芦苇一样
我的出现只是为了加深大地的苍茫

成人书

不知不觉

人已经活了二十岁

算不上长

但也绝不短了

如果人的寿命按八十岁计算

人这一生一世

已经去了四分之一

路走了一些

壁碰了一些

潜规则、行话，也懂了一些

人过二十

父母打电话除了教我诚信做人

还不忘叮嘱

出门在外要圆滑处事

岷　江

以我从大巴山腹心的大湾梁，走出万源
借道达州，过南充，一直到成都的经历

我完全可以想象得到岷江从岷山南麓弓杠岭出发
流经松潘、汶川、都江堰，再到我们相遇的成都

这一路它是如何艰难走来
究竟遇到了多少坡坡坎坎，多走了多少弯路

眼前隐忍、缄默，水面一片苍茫的岷江
这让我想起我身体的疼痛，生活的悲哀

在成都，并非只有岷江失去了浪花
其实我的内心，也早已不再心潮澎湃

我害怕听人说起，到了宜宾
岷江将被卷进长江的浪头，从此丢失自我

我更害怕有那么一天

我会卷入一片比长江更大的人海，来不及片刻的挣扎

平原礼赞

如果没有称得上丰富的大山生活经验

没有生命旅程对大山起伏连绵惊人的复述

现在的我便不可能对我所在的成都平原

有着我自己的理解，比如：它的平坦、开阔

我会怀疑造物主对这些寻常的景象，是否隐藏着深意

河流肆意流淌，我感受得到它在故意绕弯子

我还可以寻找到这顽皮背后的：水草肥美

我会把它理解为河流对大地写下缠绵悱恻的情书

人类，动物，植物，村舍，乡镇，城市

在我的理解里也都成了河流和大地的孩子，孩子呀

生活在平原上的人惯于把日子过得比平原还要平实

日出、日落，这些古老的仪式日复一日地上演

生活在平原上的人们却不再抬起头来眺望远方

我在私底下猜想，他们对远方的眺望

失去的究竟是信心还是好奇心，弄懂这一点很有必要

我对平原更多、更深的理解来自一位陌生的姑娘
她身着灯芯绒，在深秋的成都平原
我目送她消失在辽阔的暮色之中
那一刻，我忍不住赞美了平原的苍茫之美
赞美了我内心寂静之美、孤独之美

在藏卫街，看见一群觅食的麻雀

在藏卫街，看见一群觅食的麻雀
踮着细细的脚丫在人行道四周巡视
机警的眼神透露了它们内心的脆弱

有人故意扔一些米饭套近乎
但它们吃掉米饭，依旧保持警惕
一连几次都是如此

在这座城市处境比麻雀强不了多少的我
更应该学习麻雀的生存法则，受人恩惠
与人保持距离，才能好好地活下去

小河秋意图

在我十八岁那年的秋天

小河沿岸的那群水鸟、野鸭

在我低头恍惚的瞬间

尽数飞走了。去了我不知道的远方

原野上，落英以一种决绝的态度

缤纷起来，凄美起来

还有两岸植物茂盛的枝叶

也在一夜之间，悄悄枯黄了

悄悄落下了

一天又一天，晨光将天色打开

暮色又收拢光亮

没有人告诉我

它们还会不会回来

在我十八岁那年的秋天

我的初恋不辞而别

像那个秋天里

所有离去的事物

令我伤感不已

在我十八岁那年的秋天

一个多愁的善感的季节

小河安静地流淌

我也没有哭出声

少年游

我们最终走到了驼山的山腰
我们知道山顶有座徐公庙，无关信仰
却仍拥有众多的香客，仿若人世间的爱情
我们没有上山拜佛
在半山腰坐了一会儿便原路返回

那年你十八我二十，一个青春一个年少
我们都很倔强

我们有着不愿提及的往事

在过去的岁月里，我们有着羞于示人的爱情

刻意避开人群，去往小县城附近的山冈

憋红了脸，说起季节里的事物

桃花红、梨花白，两只云雀的相遇

有时我们什么也不说

任由风吹年少的衣裳，如旗帜飘摇

指引着我们向落日要仪式

向雨水要浪漫，向河流要未来

很多年过去了

我和山冈依旧，你不见了踪影

即使人海相遇，也不再相认

我们有着不愿提及的往事

爱情有时是一道深不见底的伤口

时间可以愈合，却无法遮掩累累伤痕

父亲的江山

父亲的江山，地域辽阔

除了三亩菜园，五亩旱地，十亩水田

还有两座山的果园

父亲的江山，物产丰富

大豆、高粱、水稻、苞米这些农作物

猪、牛、马、狗、羊这些家畜，应有尽有

父亲喜欢学着将军挥舞刀剑的姿势

挥舞着他的镰刀、锄头

不分日夜地治理他如画的江山

秋风掠过山梁，父亲单薄的衣衫

就战旗一般哗哗作响，父亲神情威武

仿佛他已不再是农民，而是御驾亲征的君王

时过境迁，我在西安某工地的角落里

见到放弃农业进城务工的父亲

耷拉着脑袋，一口接一口地抽着闷烟

当年的辉煌荡然无存

不停抱怨物价高、工资低、收账难

落魄有如丢了大好江山的亡国之君

大湾梁上

我的祖先们曾在这道山梁上
日出而作，日落而息
伴随着慢了下来的时光
缓慢地走着，走着走着就不见了
只留下我无尽的猜测和思念

我的父母也沿着祖辈们走过的路
也在这道山梁上缓慢走着
割麦、种豆，喂养家禽
年复一年，忠诚于农事
如今已走完了他们的大半辈子

幼年的我，用一声声啼哭
演绎了大湾梁上最美的音符
宛如天籁，清心悦耳
可以媲美任何一首古老的歌谣
至今仍在大湾梁上空回响

大湾梁其实只是一道小小的山梁

面积小得可怜，方圆不足七八公里

唯有它的胸怀足够宽广

容纳了祖先的灵魂

容纳了父母愉悦而又忧伤的生活

容纳了我远去的童年

青　春

高中的时候
班上的男生
一下课就躲到厕所
人手一支香烟
学着大人的样子
吞云吐雾

才开始是
谁要是不抽
谁就落后
到了后来是
谁要是不抽
谁就难受

三年下来
我们的青春
脸上风光无限
肺部阴影一片

岷江的旁观者

越往南走，它懂得越多
比如南下三十公里，到了新津
它就会懂得南江芦苇的苍茫
金马河被拦腰斩断的痛楚

以及两岸村庄、植物的美丽
人们生活的幸福、困惑
岷江把沿途所遇到的通通咽下
把它们消化成胃里的泥沙

当泥沙开始咆哮、喧腾、翻滚
还有什么可以阻挡岷江前进的步伐
去而不返的悲凉？顾及？思念？
层出不穷的堤坝？水库？城市？

谁又可以告诉我：是生活的泥沙多
还是岷江的泥沙？
如此众多的泥沙

是否也可以用来沉淀一生漫长的时光

从成都到眉山，我永远是一个
岷江的旁观者，无法融入
它水纹上的秘密，涛声里的律动
无法走进它大气磅礴的绝美生命姿态

有那么一刻
我觉得我更像是坐落在岷江之畔
的东坡湖，畏畏缩缩
想跟它走，却又伸手把它留

车过武汉长江大桥

车过武汉长江大桥时
人们纷纷拿起身上的手机
拍照留念，发微博、朋友圈
表明自己来过武汉
来过长江大桥

这种刷存在感的行为
并非今人才有
古人也会孤独
古人也会在石头上刻下
某某某到此一游

古人也好，今人也罢
他们的行为都在情理之中
风景名胜，大好时光
谁又不想留下它们
或被它们留下

古人也好，今人也罢

他们没有一个人

可以告诉我

我到过比武汉还要美丽的人间

我的存在感该如何来刷

第五辑

山河啊，
有大美，
而人世却有大悲

送外公回家的路上

久病出院的外公

神情还很呆滞

但车窗外的世界

仍旧吸引着他的目光

外公今年刚过七十

按照乡俗

老还小老还小的说法

他才七岁，甚至更小

外公一路异常兴奋

不停地问这问那

所以呀，一路上

我就不停地告诉他

这是茶垭，乡上有集

周四周六当场天

这是九龙寨，有满山的梨树

三月开花，七月结果

我一路努力想往事，找话题，逗乐子

陪着外公说话，陪着外公笑

一点一点地指引着他

回到他的童年，回到他的毕家田坝

让他不再有人生路上的孤独寂寞

让他的回乡之旅充满温暖充满欢乐

实际上，我却悲伤不已

比起老还小的外公

我是大人了，我知道的事情比外公多

我不仅知道车到了哪儿

我还知道外公这次的出院

不是健康痊愈，而是准备后事

在双流区南昌路

宽广啊南昌路
四车并驱尚有空余
我紧靠着路的最边角行走

繁华啊南昌路
车水马龙游人如织
我在喧闹中始终缄默不语

雄伟啊南昌路
高楼林立商铺云集
我黯然失色瞬间湮没其中

美丽啊南昌路
姐姐美呀妹妹美呀
我找不到一个爱我的姑娘

南昌路啊南昌路
你的一切都与我毫无干系
我只是从这里匆匆路过而已

在成都的慢节奏生活

成都的时间过得很慢，"少不入川，老不出蜀"的古言
在我脑海一晃而过之后，便跑得不知踪影（跑到我的后代去
　了吗？）

在成都，我把"度日如年"曲解为把每一天当作过年
如果要在成都生活一年，那就要把生活慢成一辈子来过

在成都喜欢上一个女孩，我慢慢地喜欢，慢慢地追求
慢到她都等不及了，变被动为主动，找我恋爱，找我结婚

在成都街头和朋友吃饭，三荤五素，再加两打啤酒
就可以从晚上十点，喝到午夜一点，喝到老板困意绵绵哈欠
　连天

在成都人生不是拿来拼的，是拿来享受的
正如盖碗茶不是喝的，是要用时光来品的

在成都的慢节奏生活里
只有我口袋里的钱，花得流水一样快

如此众多的河流

我的家乡万源

境内是众多河流的发源地

中河、后河、任河

雷公滩、白羊溪

玉带河、肖家河、龙潭河

岗溪河、白沙河、斯滩河

……

如此众多的河流

源源不断地从大山里流出

源源不断地流向远方

它们是不是大山

没有哭出声的眼泪呢

毕竟大山头顶着天，脚踩着地

毕竟在天地之间

承受了人世所有的雨雪风霜

历经了人世所有的苍茫

出巴山记

出了巴山，便是平原，道路开阔了
然而我的人生却并非如此
出了巴山，河流走向了低处、浑浊
那么我又该如何做出选择

出了巴山，每走一步
我都会在心中记下沿途的事物
它们不一定美丽
它们一定有存在的理由

直到哪天我走不动了
我会坐下来
细数沿途铁轨的长
山脉的高，江河的深

这些密密麻麻的数字
无论相加
相减，或是相乘
得出的结果，都是我的一生

山水诗

那是在我们的少年
时光安静，山河唯美
你害羞，我腼腆
彼此还不敢多看对方一眼

你把眼光投向河岸的高山
它健硕、高大
你痴迷的样子让我深信
你对高山充满了崇拜之情

我低头看着蜿蜒的河流
它澄澈、温柔
我能感觉
河流在我的心尖荡漾

那是在我们的少年
时光安静，山河唯美
河流依着高山哗哗流淌
你依偎在我的身旁窃窃私语

白沙河

白沙河的倩影
从我家所在村庄流过时
比姐姐的眼睛还要清澈明亮

走到宣汉县城
一个小小的污水厂
让它交出了绝对的清澈

到了重庆，一座城市
三天时间，十万工厂
起了它的底色，变了它的模样

家住白沙河畔的我
喝着白沙河的水长大
而今又走着白沙河走过的路程

我不知道
我祖传的血脉
是否会像白沙河一样浑浊起来

桃　花

我已记不起小客车载着我们穿过了多少个乡镇
也记不起下了车后，我们又走了多远的路
才到达绵阳北部那个叫青林口的古镇
我只记得在暮光中，满原的桃花，满山的桃花
闪耀着光辉，引领着你阔步向前走去
引我前行的，却是你这朵桃花，人世间最大的桃花

从暮光中的桃花隐现，到天上的星星一片
我们迷惘那些所谓的美好是在眼前还是天边
再到次日鸡鸣三声，你我推开门扉
哦，青林口古镇的桃花为了你的到来
已在一夜间不动声色，悉数盛开
仿若你，曾在某个瞬间悄然为我敞开情怀

这让我相信，一切偶然都是必然
一切美好都从来不会久远
比如：我们闯入偌大的桃园
比如：桃园中你的身影，你的欢乐

比如：我们终将离去，而桃花也终将凋零

仅仅才时隔半年
我便不再记得青林口的人和事
我只记得桃花
我记得桃花盛开时的绚烂
也记得桃花凋零时的悲凉

秋色中那些细微的不同

即便是深秋季节

即便只是在十里山河的范围之内

山川草木也并非萧索一片，或是层林尽染

动物也并非皆为了避寒南飞、冬眠

坐下来，就会发现

静谧的山河中，那些细微的不同

此刻枫叶正红火得厉害

柑橘正熟，黄灿灿的笑容挂满枝头

松树、柏树、杉树，正一如既往的葱郁茂盛

银杏树叶、梧桐树叶正悉数落了一地

而像含羞草这样的小草早已枯萎

那些在林间窜来窜去的松鼠、鸟雀

那些在地上爬来爬去的蚂蚁、虫子

正为了生活忙碌奔波

青蛙已经冬眠，候鸟已经南飞避寒

而在盛夏吵闹不已的蝉，已经死去多时

这个秋天，我在平羌小三峡的山峦上细数着：
满山的草木，繁茂的繁茂，枯萎的枯萎，死去的死去
满山的动物，远走高飞的远走高飞
为生活奔波的奔波，麻木的麻木，死去的也已经死去
我细数着山川草木仿佛细数着我生活过二十一年的人世

平羌小三峡写意图

山上有石头固守着寸土之地

索然、孤寂与冷清

已不知发了多少年的呆了

山下有岷江日夜流淌

身影单薄清瘦

已经淌过了上万年岁月

山中有我自由洒脱，以短暂的生命

呼应着亘古的永恒

为一幅风景画添上了最后的画笔

登山记

山河有大美，为了心中的风景
我们要放弃数公里外的马路
乘车十分钟就可以抵达目的地的捷径
选择徒步三五个小时
沿着岷江两岸的高山艰难攀爬

为了心中别样的平羌小三峡
我们付出的不只是时间
疲劳。如果坠崖
我们还有付出生命
即便如此，我们的收获却是未知

就是在这样的盘算之中
我想起了那些我憎恨的人
为了金钱、权势、美色，而不择手段
冥冥之中，我们竟是如此的相似
山河啊，有大美，而人世却有大悲

我迎着日出抵达这片山冈

我迎着日出抵达这片山冈

像是来到我生活多年的故乡

在这个深秋的季节

阳光和空气一样稀薄

一如生活中的甜点

在这片土地少之又少

万物依旧静默，痴迷于生长

乡民们在心中敬畏天地，供奉祖先

在山冈忙于生计，挥汗如雨

只要他接过我手里的香烟

嘴里的话茬儿，我便熟悉了整片山冈

看见老人鸡犬绕膝，一脸安详

我就能想到他内心的孤寂

我就能想到他将在此孤老一生

看见无名的花朵静静地飘零

我就想起我的生命也在悄然流逝

无声，又无息
看见弱小的蚂蚁在大地上爬来爬去
我就想起了生活的全部意义
我跟着落日的脚步悄悄下山
仿佛我从未到过这片山冈

秋日游平羌小三峡

满山的乔木在秋天散发着金色的光芒
除了照亮山冈、云雀、土地
照亮从它身旁路过的人
一定还会照亮它黝黑的树干、枝条

荆棘萎，松柏盛；夏蝉死，秋虫生
草木枯荣有序，面对生死的从容
让我想起有老人鸡犬绕膝，孤老一生
内心充满寂寞，脸上却挂满静谧、安详

峡谷中的岷江昼夜不停地奔流
自己跟自己较劲儿之后
步履开始沉稳，身影开始清瘦
河床裸露的石头上镌刻着时间的沧桑

起风了，落日在山河中睡去
枯黄的树叶铺天盖地地落下
我从这秋天的广告单中
读到了生命的成熟、悲凉

我在等他回来告诉我那里神奇的世界

大巴山，高又端，往上连着九重天

大巴山的山顶多落日、云朵、雨雪

山中多松柏、多麋鹿、多云雀

山下多村庄、河流、梨花

大巴山的地表层住着许多慈祥的人

有我的爷爷、奶奶，还有我从未见过的祖先

大巴山的地心深处有什么，我不知道

我想我的姑父一定知道

三年前他从一个叫长沟煤矿的大门进去

之后再也没有消息

我在等他回来告诉我那里神奇的世界

早些年我时常走进一片山林

世界在我走进山林的那一刻
瞬间小了下来
几棵大树就撑起整个天空
几堆黄土，几块石头就填平了大地

高天远去，辽阔远去，苍茫远去
世界只剩下米粒大小的虫蚁
半尺高的草芥
拳头大小的鸟雀

这个世界的一切都在我眼前
这个世界的一切我都叫得出名
这个世界的一切我都触手可及
只有在这个时候呀，这个世界才属于我

正是在这个时候呀，妈妈：
千万不要唤我回家吃饭
千万不要把我赶出家门
去学习，去工作，去出人头地

春秋来信

一年又一年，大自然仍像往常一样

准时在春秋来信，在大地的字里行间

夹杂着梨花的芬芳，桃花的绚烂

树叶的金黄，落日黄昏的唯美

还写满喜鹊的甜言，夜莺的蜜语

在一个又一个春花秋月之际

情人般抚慰着我的心灵

一年又一年，大自然仍像往常一样

准时在夏季为我献上盛大的交响曲

河流的潮汛，闪电的音符，雷鸣的鼓点

无一不是在诱发我的生命动力

无一不是在告诉我生命的节奏，应该激情澎湃

在冬日派遣漫天的雪花

洗净山川大地，洗净我的身躯

最后沉静下来，教导我应该保持沉默

一年又一年，大自然仍像往常一样

无偿赐予我分明的四季

赐予我花朵、雨露、繁星、潮水、蜂蜜

赐予我鸟雀、云朵

陪着我在寂寞的人间

一年又一年，我领着大自然的恩典

一年又一年，我受着大自然的教导

油菜花

在成都平原，有这样一群姑娘
她们没有车，没有房
密密麻麻地挤在一起，风餐露宿
靠着吃苦耐劳生存下来

她们美丽、健康，脸上贴满花黄
全身散发着古朴的芬芳
春风一吹，她们就低下了头
让人分不清是纤弱，还是娇羞

有人叫她们油菜花
也有人叫她们打工妹
而她们是我的亲人
我叫她们姐姐，或妹妹

像往事一般

树叶

秋天里的

落日谣

比起太阳从地平线升起

直指天空时朝气蓬勃、热血沸腾

我更偏爱太阳锋芒尽收

从容走下天空那片舞台的缓慢、宁静

就像一个看透岁月篇章的老人

身体大不如从前硬朗，脸上却挂满安详

人往低处走

人往高处走，水往低处流
　　　　——民间谚语

外公十五岁
为了藐视大巴山的高
三天三夜爬上顶峰
硬生生让大巴山比他矮了三分

外公二十岁
为了邻家姑娘的一个微笑
他心甘情愿
从山顶回到了村庄的人群中

外公三十岁
一个家庭的重量
几张粮票
迫使他在生产队长面前低下了头

外公五十岁

一个跟头

一场重病

让他在生活中弯下了腰

外公七十岁

两秒钟的心梗

配上一场简单的葬礼

他便从此低到了尘埃里

少年游

那一年大巴山无论有多高

在我登顶之后，也只能比我矮

那一年桃花异常绚烂

我从树下跑过，视若无物

那一年白沙还不是一座小镇

镇上车如流水，马如游龙

镇上有桌球、有邮局、有游戏厅

还有一个每天下午按时沿铁路回家的姑娘

那一年的白沙大得可以和天地相提并论

那一年的白沙对于我们来说却只有好好学习

父母说要好好学习老师说要好好学习

公园里摆象棋摊的老头也说要好好学习

自始至终也没有人告诉我们要好好学习什么

那一年万物生长，我们也都自学成才

有人学会了逃课、讨债、逃离大巴山

有人学会了安身、立命，在异乡谋生

有人学会了飞翔，从教学楼顶

扑通一声过后，我们的少年从此安静下来

在青神

在这座平原上的小县城
生活还不到一年
我便对罗波、汉阳、瑞丰
黑龙、西龙、青城、南城
天池、三峡、中岩……
这些乡镇、村落，都如数家珍

可是这又有什么用呢
我至今还是不知道
高台乡诸葛村
那个冲我笑的姑娘的名字

鹧鸪山记

4458米
除了可以理解为
鹧鸪山的海拔之外
还可以理解为
鹧鸪山崇高的志向
喜欢追求高度
喜欢无限接近于一些
美好的事物
比如，云朵、朝霞
触手可及
同时却又虚无缥缈

我有鹧鸪山一样的志向
追求、喜好
却没有鹧鸪山的挺拔
也没有它长年累月的坚守

永　恒

鹧鸪山上，万物永恒
雪花从天而降，又腾云驾雾回到天上

那些草木也是，一岁一枯荣
还有那些候鸟，年年冬天离开，春天重新归来

日出、日落，这些古老的仪式
在鹧鸪山，也日复一日地上演

甚至是白桦、短尾松
这些植物们彼此相亲相爱，也永远不会分离

甚至雪地里旋转的木马
一直在原地不停奔跑

鹧鸪山上，万物永恒
只有骑着旋转木马的孩子，他的童年在悄然流逝

尖　山

小客车载着我们
穿越自贡的乡村城镇
丘陵绵延起伏
仿佛来自大地的呼吸
时光就此慢了下来

乡村安详静谧
在这片生活的舞台上
农民静默如草木
坚守脚下的土地
阳光洒下来的时候
美好有如油画

小小尖山，直指天空
有着指向永恒的坚定
而我如同顽皮的孩童
对这一切充满好奇
对许多本该坚定的事物
却充满了迷茫

青神县

这座平原深处的小城使我倍感亲切
我那最后的少年时光在此走失
那时终日登山临水，用足迹勾勒出
一幅幅山水画，为生活大面积留白

岷江绕城而过，日子是如此缠绵
江水荡漾，捣碎的时光铺展开来
尘世间再没有什么
可以囚禁我的内心

有时我会跟随渡船，造访岷江沿岸
静谧的汉阳古镇
在小店里点上一份藤椒鱼
新鲜肥美，却也藏着众所周知的刺骨
如同我那段平静美好的生活
布满了未知的风险与坎坷

重　庆
　　——致SY

生活是一座巨大的迷宫，长凉山茂盛的植被
收藏着你永远无法找回的童年时光

而今，你在林立的高楼中，鸟兽虫蚁般
筑下时令性的巢穴，早出晚归奔波于现实主义

重庆用纷繁复杂的交通，勾勒出深不可测的人世
才年过二十，你却拥有了跌宕起伏的人生

少年老成，你用几段工作经历、几段爱情故事
把这座长江边上的山城渲染得愈发迷人

这些年，你去到重庆，离开重庆，又回到重庆
不是离不开陈姓姑娘，这让我怀疑你误把他乡认作故乡

这让我想起我们共同生活过的万源，缩小版的"重庆"
多么美而精致的小城，我们在那里出生成长

在高峰与深谷间，祖先们找到生活的平衡点

我们生来学会规避风险，在崎岖的道路如履平地

秋 天

这些秋天里的树叶像往事一般
在时光的浸染下通透起来
露出了清晰的纹理
澄澈、洁净，在枝头绚烂迷人

层林尽染，不过是改头换面
落叶纷飞，不过是抛诸过往
美如油画的秋天
是草木为一场仪式穿上的盛装

在秋天的画卷中，时光静谧、万物祥和
历经失恋、辞职、北漂之后的我
也装作一副轻松的样子
却始终无法掩盖内心的悲凉
如同那悬铃木抖落了枝头的树叶
悄悄在身体里画上一圈年轮

九　月

我时常羡慕大地上那些奔腾的河流
它们出生迥异，血脉相悖
却有着共同的生活哲学与远方
在某个俯下身姿的瞬间悄然相遇

犹如一座山与另一座山，相看两不厌
隔着空旷而苍茫的人世，遥相呼应

一条河流的成名史

一条河流的出生，即便拥有
格拉丹东大冰峰的纯洁
一条河流的起点，即便拥有
唐古拉山主峰6542米的海拔高度
想要以此成名，也是远远不够的
高原上雪山下，不知名的河流太多太多

一条河流它要拖着涓涓细流之躯
在青藏高原上逃脱冰封的可能
躲避断流的命数。进入横断山脉之后
不仅要懂得规避高山，懂得委身谷地
更要从容跃身峡谷，忍受5100米的巨大落差

一条河流的流经路线，向南走了，又向东走
向东走了，又向北走，向北走了，又向南走
如此循环，如此往复
一条河流没有捷径可走
一条河流要把这样的弯路走到尽头

一直把2401公里的直线，走成6397公里的弯路

一直走到胸襟开阔起来，心怀大度起来

河床的容量增加起来，这样才容纳得下不同血脉的

岷江、嘉陵江、汉江、湘江、赣江

乌江、沅江……大大小小7000条支流

一直走到内心坚强起来，百毒不侵

任由重庆、武汉、南京这些大城市的消耗

以及沿途化工、钢铁等工业的浸染，也能面不改色

一直走到态度坚决起来，不让二滩电站、三峡电站

葛洲坝电站的堤坝拦住，更不让洞庭湖

鄱阳湖、巢湖、太湖……那一湾湾温柔之乡给留住

一条河流既有在横断山脉、巫山山脉，纵身峡谷的波涛澎湃

也有在川西高原、江汉平原，蜿蜒向晚的从容之态

一条河流流经11个省份，把2401公里的直线

走成6397公里的弯路，一条河流把弯路走到尽头

一个河流流域面积达180万平方公里，在流淌中声名远扬

一条河流在上海汇入东海，一条河流在东海里物我两忘

再写重庆

——致SY

你在一张张设计图纸中通江达海
规划好这座城市的道路与桥梁
图纸之外，你只能寄居于寻常巷陌
你是大美重庆不经意的留白部分吗？

人世间所有的绝路都在重庆变成了通途
这座城市用纷繁有序的交通昭示着
属于它的生存哲学。多美的重庆呀
在你离开后，只能给我想象，给我忧伤

少年是一段尴尬的时光

——致CC

当年在沙湾的出租屋
谈笑皆蚊虫，无人相往来

为此你写下陋室铭，控诉非人境地
字里行间，我却读成了关于生活的赞歌

赞美那些单调与残缺
犹如一幅风景画的留白之美

当极简主义日常遇上日渐丰盈的内心
我们的少年，注定是一段尴尬的时光

人前人后小心翼翼的模样
让人想起卡夫卡小说中的甲壳虫

哭，或者笑，都不合时宜
更多的时候，你学会了缄默不语

学会了频频举杯，酒杯碰撞

那空空荡荡的回声，多么美妙的音符

呼应着你内心的孤独

呼应着你性格中不为人知的部分

其实啊，我也有一颗玻璃心啊

装满了的酒，它懂我的孤傲，懂我的脆弱

短诗一束

插　秧

天空晴朗，阳光打在地上
母亲在田里插早秧
母亲的脚，在田里
比秧苗插得还深还早

我躺在野花丛中
做一个乖孩子
像秧苗
躺在母亲的手上

大风吹得越远越美

大风吹过的声音
吹得越远越美

大风吹过的路程

吹得越久越净

大风是自然界的乳房
大风吹得越慢
自然界就越纯真

麦子熟了

麦子金黄金黄
父亲黝黄黝黄
麦子熟了

麦浪中
我无法找到父亲的脸庞

庄稼人的秋天

秋雷隐隐，从庄稼人头顶掠过
庄稼人眼里
天空永远神秘
麦穗灿灿，从庄稼人手中掠过
庄稼人眼里

麦田永远亲切

从初秋到深秋，我才明白
整个秋天
全都是庄稼人的
它从来不属于任何诗人艺术家

秋　雨

秋雨，秋雨
满眼的秋雨，满耳的秋雨
空旷的村落
满是秋雨

勤劳的母亲
和田野抽青的麦茬一起
在深秋
赶上最后一趟时髦
把衣衫
嵌满珍珠，嵌满秋雨

模糊的世界

今天出门忘记了戴眼镜

我第一次看见了

真实而陌生的大街

大街模模糊糊

行人模模糊糊

我也模模糊糊

这分明就是一个模糊的世界

眺望麦地

向着麦地望去

天真抽青的麦苗深不可测

深不可测。像河流

像天空

淌着希望，飘着梦想

巴　山

在这连绵起伏的山脉顶端

男人女人，稻麦柴火

这巴山的象征，这巴山的主人

长年累月

向着耕地水田，逐渐磨平了野性

达州的雨

洲河沿岸那些从事耕作的

幸福的居民

像麦苗贴紧麦地般

紧紧贴在大巴山的余脉

在此挥洒汗水

在此安居乐业

达州的雨，从天上窜了下来

从高处窜了下来

从汉子的衣衫上

窜了下来

颗颗丰盈，粒粒精华

喂足了田间

十二月的小菠麦菜

飞机从天空中飞过

这里的天空

每天都有飞机飞过

一架、两架

甚至有更多的飞机飞过

飞机从天空中飞过

活似一个朝代

从历史的天空中飞过

飞机在天上，高高在上

飞机上的人

借着飞机飞行的高度，也高高在上

大　山

大山高高凸起

凸起鼻梁、骨骼

凸起脉搏

大山高高凸起

大山不是乳峰

大山不是坟墓

大山不是花骨朵

大山而是以一个男人的身份

在我面前高高凸起

母亲的村庄

小小烟囱，向着蓝天

从容不迫地呼吸

每一阵轻风路过

它都触到了乡村的慈祥

阳光下，闪烁着

母亲瘦弱矮小的身影

颤颤巍巍

来回奔波于田间地角

母亲，我日渐老去的母亲

像一颗日渐衰老的

乡村的心脏

在田间地角，微微颤动着

3路公交

从起点站到终点站
3路公交的路线并不长
但穿过了县城
并在县城来回曲折

3路公交
车身不大，路线也不长
但很拥挤
这都是公交的通病
拥挤的却并不是公交
而是公交上的人.

3路公交
车上的人不多
但足以构成一个社会的层面

记一次旅行
——给博尔赫斯

我的少年时光有过许许多多的旅行
这一次我在命运的驱使下
漂洋过海来到你的国家，你的城市
只为领略你迷恋一生的布宜诺斯艾利斯
你在这里生活、恋爱、写诗
终生从事图书馆工作
心安理得，陪伴着光阴流逝
只是脑海偶尔浮想中国的长城、兵马俑
以及蒲松龄笔下的书生与狐仙

在你的国家，你的城市
我不会英语，不会西班牙语
我是一位能看见的瞎子，能听见的聋子
也是一位会说话的哑巴
这并不意味着
我无法感知这座城市的记忆力与想象力
博尔赫斯家族的生与死，我了然于胸

他们的幻影匆匆往来于街区巷里

我在去往书店、咖啡馆的途中与他们相遇

我爱上了一路同行的姑娘

她高傲而宁静

她是向导，引领我

穿行于古老的布宜诺斯艾利斯

多么遗憾，我无法与她相爱

多么幸运，我曾与她分享过你的诗篇

辛弃疾

少年时光，还不足以读懂
唐诗宋词中
一个人乃至一个时代的黯淡与光明
日复一日沉浸于
你词韵中宋王朝的秋天、清江水
以及赏心亭、北固亭的日光与月色

那是多么耀眼的光芒
晒黑了我的皮肤
也照亮了我的内心
多少年来
已蓄积成我身体的某一部分
若非肝胆，则必是心脏

在北京花家地西里
在我那隔断暗间的出租房里
你的长短句熠熠生辉
好似一颗颗星星

为我现实主义的北漂生活

增添了几分豪放与浪漫

时至今日，我仍然无法理解

宋王朝委曲求全的安乐大计

却隐隐读懂一个人的安乐窝

我也终于人如其名

自带光明

从此无视人生中所有的至暗时刻

樱花记

在长途火车上，我们愉快地彻夜畅谈
分享一本诗集和窗外无边的夜色
像是久别重逢的好朋友
是啊，我们相识多年，但那是第一次见面

最终我们抵达了武汉
珞珈山上的樱花已悉数落尽
这些美丽的精灵，自有宿命
从不为了谁盛开，也从不为了谁停留

少年时期的旅行，只因相聚而高兴
不为樱花凋零而悲凉，一束花环的寂寥
一张寄出明信片的决绝与浪漫
足以满足我们对于樱花的美好期待

在此后的岁月里，我曾有过数不清的旅行
赶上过许多花期、日出、海潮
却都不如想象中惊艳，这让我怀疑
当年我们真的错过珞珈山上的樱花了吗？

打牌记

朋友们常常在深夜齐聚花家地

把一副扑克，组合成无数可能性

有人永远一手好牌

有人把一手好牌打得稀烂

而我总是试图让一手烂牌起死回生

谁都明白打牌只是娱乐消遣而已

谁也无法否认，我们北漂

多多少少带有一些赌博的成分

没有一夜暴富，也没有流落街头

游离于成功与失败之间

陷入平凡的深渊，两分欢喜三分忧愁

生活的输赢无法衡量，得与失唯有自知

是啊，在那些寂寞的日子里

诗歌让我们相聚在一起

只是，相比起读诗聊诗

我们更愿意世俗一点，打打扑克就很好

杜 甫

作为大唐没落的贵族子弟
你有贵族的精神与气质
有贵族的修养与学识
但没有贵族的优越生活和光明仕途

谁又能想到，群星璀璨的时代
满座衣冠的朝堂竟然容纳不下
你笔头的千字，心系的苍生
胸怀的国事，以及你的深仁与大爱

在唐朝，相比起做一名看守兵甲
管理门禁的小小公务员身份，你更需要
一份薪水，供养妻儿
供养你一生的梦想与现实主义的诗歌

你一生的足迹，不足以测量时代的深渊
却无意中测量了人性的深度
你一生的悲吟，不足以唤醒沉睡的王朝
却意外治愈了无数人心，唤醒了无数人的良心

我们每个人的世界都有一片禁区

我们每个人的世界都有一片禁区

像是绝妙的隐喻，深藏于生活之中

有一年，我们围绕着巴罗洛宫的阶梯

一层层走过：地狱、炼狱和天堂

在灯塔眺望城市万家灯火和满天繁星

宫殿设计师的理念，已广为人知

我不会因此读懂但丁神圣的喜剧

生活总是充满智慧与幽默

有探戈曲终人散，有人酒醒愁还在

我举起相机，长曝光，记录夜晚的轨迹

没有人知道，对于光和时间

我的内心比光圈和快门更加敏感

英雄的事迹，在史诗中广为传唱

男子汉气概，在热情洋溢的街道弥漫

当我勇敢探索大理石上镌刻的往事

还有什么隔阂胜过时间，不能化解

还有什么未知打败生死，不能赞美

陌生的城市啊

我找到西班牙语版的博尔赫斯诗集

轻轻拿起，又郑重返回原位

走出雅典人书店

我在一份甜筒中重新回到童年时光

布宜诺斯艾利斯之歌

如果早些时候来到这座城市
我会爱上玫瑰宫般浪漫的风景名胜
爱上足球明星和探戈女郎
如今，我更喜欢在寂静的街区巷里
细细品味博尔赫斯的诗句

蓝花楹和金荷花，盛开如上帝的口谕
指引我找寻大理石城堡柔软的心

北京的秋天

我们在北京的秋天相遇

秋色极佳，悬铃木好似上帝的笔触

色彩深邃如油画，装点着这座城市

我们从树下走过，你是另一种绚烂

照耀着我的内心，云雀的声响也落满心间

夜深了，从花家地街到爽秋路

我们回家，秋色中

多了一些悲凉，也多了一些往事

比如：我的北漂生涯

比如：你从皖南到北京的求学旧事

相识尚且短暂，我们熟悉而又陌生

来不及彼此相爱

只能为你披上外套御寒，但没有

牵你的手，或拥你在怀

只能说上一些温暖的话题，温暖人心

而后，我们远行归来

北京的秋天已近尾声

大风一遍一遍吹过悬铃木

我们目睹了

相亲相爱的树叶在风中纷纷散去

青春时代的疾病

——读朱光明诗札记

向以鲜

很难想象，一个未及弱冠的青年，甚至是少年，在他的诗作中竟然弥漫着疾病的气味。那本应是轻狂的、鲜艳的时光，一如他的名字一样：光明。那是由太阳与月亮交相辉映而形成的韶光啊！青春和疾病，本来是不太相关联的，青春有的是活力，有的是爱与梦想，有的是虚度与挥霍。当然，我们也从光明的诗中抚摸到了金黄的麦子，看见了安静的河流、山坡羊、麻雀以及火车或飞机的身影，但是这些都不足以对抗那反复出现的令人惊诧又熟悉的征兆：疾病的阴影像乌云一样游离着、扩散着、遮蔽着年少的天空。我们知道，苏珊·桑塔格（Susan Sontag）在谈到疾病的隐喻时曾指出：大规模的传染性流行病不仅是一个医学事件，也是一个政治事件，一个经济事件，而且还会是一个文学或艺术的事件，一个道德事件。难道，疾病仅仅是一种隐喻吗？隐喻一词最早、最简洁的定义，在亚里士多德《诗学》中已经出现：是指以他物之名名此物。说一物是或者像另一不是它自己的物，这是与哲学和诗歌一样古老的智力活动。桑塔格认为，没有隐喻，一个人就不可能进行思考。

但是，疾病对于光明来说，并不仅仅是一种隐喻，而且，更多的时候它并不是大规模的，而是私人或家族性的片段：它真实存在着，它残酷地横亘在生与死的中间，像一座吊桥或山峦：祖父的一生，患过许多病/脑病、肺病、腰病、腿病/大都不值一提，祖父不怕它们/只要祖父鼓起精神挺一挺腰板/抽一斗烟，喝一盅酒/这些病就会像疲劳一样瞬间消失//祖父最怕的还是草/田里的草、地里的草、菜畦的草/院子的草，只要是草，祖父都怕/草刚一冒头，祖父的心就开始隐隐作痛/草刚一拔节，祖父的心就有了一个死结/草长得越茂盛，祖父的心就疼得越厉害//祖父不停地用镰刀割草，用锄头薅草，用手拔草/努力祛除心头的疼/祖父除得快，草也长得快/一年来，二年去/草成了祖父驱之不去的心病//与病魔斗争，占据了祖父的一生/祖父的一生，也都在被这块心病折磨/结果不用言语/到过我家乡的朋友都知道/是草战胜了祖父/还把旌旗插到了祖父的坟头（《祖父的病》）。这是一首比疾病本身更让人疼痛的诗歌：这位身患各种致命疾病的老人，一生都在与疾病和草战斗。我们注意到，草在诗人笔下承载着复杂的意义：它既是生命的象征，也是与死亡的纠缠——在另一首名叫《父亲与香烟》中，我们看到了草的另外一种魅影：草的烟雾和香气，是如此吊诡而不可思议，它引诱着十六岁少年的欲望。而这个与香烟，更与父亲有关的秘密，在诗人心中，如光片上父亲肺部的阴影，透过它，诗人可以清楚地看见父亲的一生。这是怎样一种悄无声息又触目惊人的透视啊！草在光明笔下，已远远超越了古典诗歌的域限，相比之下，离恨恰如春草（李煜）或一川烟草（贺铸）都显得单薄了些。

光明诗中的疾病，很多是来自于亲人（如祖父、外公或父亲），作为生活于巴山腹地的诗人，过早地感受到生命的无助，这正是让人动容的地方。我们还在诗人的作品中读到乌鸦、蝙蝠、传染、大限或墓志铭，这些黑色的景象让光明的诗歌有时带有一种压抑的气氛，真有点儿让人喘不过气来。但是诗人又是以一种极为冷峭甚或冷漠的口吻在叙述着、旁观着。比如那首给我留下深刻印象的《读懂一只蝙蝠的阴暗》：作为一只蝙蝠，你懂得阴暗或许算不了什么/可你不仅懂得，你学会了应用/在阴暗中悟出一套独特生存的密码/亲手打开了自己的生命史//废弃民房的阴暗处，是你的落脚点/内部精巧的你，善于感应/外界的精彩与你的阴暗格格不入/难怪你会拙于想象，难怪你会疲于想象//精彩是病，阴暗是病/分别根植于某个精彩的高处/阴暗的角落，且不易察觉/不易治愈，愈发恶化//躲在这废弃的民房里，我和一只蝙蝠对视/躲过外界片刻的精彩/读懂阴暗，读懂阴暗中的蝙蝠/读懂一只蝙蝠的阴暗。这首诗从传统诗学的角度来分类，属于咏物诗一类，但是这只"内部精巧"的生物，阴暗中的精灵，它仍然不可救药地患病了：精彩也好，阴暗也罢，都是病，且不易治愈！

疾病是一个古老的母题，它是死亡的序幕。诚然，我们可以从诗人的诗中找到很多历史性的承继关系，在杜甫、王维、李贺、孟郊或者普拉斯、茨维塔耶娃的诗作中，都可以找到大量的关于疾病甚至死亡的抒写。这些古老的诗意，或许对诗人年少的心灵或多或少会构成某种暗示。我们生活在有着久远且深厚的诗意传统中，这于诗人而言是幸运的，但也是沉重的。美国意象派诗人罗伯特·布莱（Robert Bly）曾说：当一位美国诗人比当一位爱尔兰诗人困难得多，假如诗是一匹上了鞍辔的马，在爱尔兰，人们看到牲口棚里挂着辔。而在美国，人们必须杀一头牛：剥皮、晒干、制革，再把皮革切成条，用手编扣。然后，还有口嚼怎么办？颈轭怎么办？又把这些安在什么地方？其实任何事物都是辩证的，如果换一个角度，我们也可以这样说：当一位美国诗人比当一位爱尔兰诗人容易得多。历史文化是一笔宝贵的财富，但也可能成为沉重的负担。而我们欣慰地看到，这位十九岁的年轻诗人显然游刃其间，在生活与传统中，在诗意与创造中，找到了适合于他自己的表达方式，那也是诗人观察脆弱又坚韧生命的方式。疾病看来并不可怕，尤其是青春时代的疾病，它有时只是生命虚构的梦魇而已。毕竟，大地的植物总会疯长的，就像宋代词人姜白石所说的那样：过春风十里，尽荠麦青青啊！青春的时节，是播种和耕耘的时节，也是寂寞的时节。光明，别太着急，很多时候，节制比放纵更重要，也更难做到，你得有足够的耐心和敬畏，对于诗歌，对于汉语，更需如此。只有这样，到了秋天，你的谷仓中，那金子般可贵的思想，才会放射出洁白的光芒。

写于成都石不语斋

2013年12月19日子夜

向以鲜：诗人、四川大学教授。有诗集及著述多种，获诗歌和学术嘉奖多次。二十世纪八九十年代与同人先后创立《红旗》《王朝》《象罔》等民间诗刊。

朱光明诗歌读札

冯 雷

1

诗人心智的成熟和创作的成熟常常是不同步的，类似的情况在诗歌史上屡见不鲜。尽管如此，朱光明和他的创作仍然值得关注，因为我觉得，朱光明作为个案充分显示了诗歌和审美对于一个人的引领与重塑。而由此，也启发我们一起思考诗歌应该是怎样的，还可能是怎样的。

据说朱光明在中学读书的时候，成绩不太好，甚至语文也不太好。但是，我们从他的作品当中却看不到校园学习经历的芜杂，也没有情绪化的宣泄。朱光明的大多数作品都给人以"美"的印象和感受，特别是他的以"河流"为核心的几首诗，比如《河流之美》《金马河边的芦苇》等，他本人对这几首诗似乎也颇为倾心。这或许也反映出绝大多数诗歌写作者对于诗歌的基本认知，诗歌首先应该是"美"的，是以抒情为主的，应当给人以审美的愉悦。很难想象类似诗坛一些备受争议的诗歌会启迪、吸引一个成绩不好的孩子主动靠近想象与表达。

2

朱光明曾说他最初的诗歌榜样是海子，我想没有必要去考证朱光明与海子之间的相似。但是，可以确证的是，朱光明的诗同样体现出丰沛的想象力和出众的词语调配能力。比如看他的《河流之美》。诗人并没有去描摹河流的声势、景象——如果这样不免就陷入"套路"了，而是直接切入开始抒情。全诗一共三节九行，但是稍稍用力的话不难发现，这首诗还是有一定的层次感的。比如说第一节主要侧重于河流的动态美——"流淌之美""潮汐之美"以及流淌过程中所展现出来的"深邃之美""清澈之美"；第二节则由"流淌"做了想象的延伸，由蜿蜒的"河流"联想到了遥远的"传说"，以及作为传说的具体内容的"村庄""庄稼"和"姑娘"，由现实到达了想象的彼岸；第三节又回落到"我的前生今世"，"前生今世"也不妨理解为时间的"流逝"。所以这样来看的话，这首诗大可不必拘泥于字面的"河流"，也可以理解为诗人对韶华易逝的感叹。

同样值得一提的还有《春潮》。作品四节八行，首尾呼应，从"小河一夜间涨了春潮"的景色描绘入手，末尾以情感收束全篇，可以说运用了类似"起兴"的手法；诗歌的第三节还夹用了两行四字句，用河流和桃花的形貌特点来象征"爱人"，语言节奏上也有所变换。作品虽然短小，却很有《诗经》的韵味。

3

而且，尤其值得一提的是，朱光明在诗歌的建行建节上非常规矩，大多两到四行为一节，每节行数基本相同，即便多也不超过五行，例如《登山记》《车过武汉长江大桥》等。他的绝大多数作品体现出非常明显的形式意识，这是非常可贵、难得的。在新诗百年的历程当中，形式一直是个备受争议的问题。自由体的流行是"五四"时期的激进思潮和外国诗歌的翻译等多重合力造成的，并不见得就是新诗发展的必由之路。不应当简单、机械地把建行建节视之为古典诗歌的特点，而应当意识到形式对于内容是起到积极的保护作用的，形式固然是约束，但如同人体的肌肉一样，也是保障，而不至于使作品显得过于散漫。形式是一种规则与变化的相互制衡，比如朱光明的《春潮》《河流之美》等。形式要求诗人在规定的空间之内必须要完成表达任务，而不致因为诗人的任性而使诗歌显得拖沓。比如看朱光明的《车过武汉长江大桥》，全诗分四节，每节五行。每行的写作都非常干净利落，每一节题旨鲜明，整首诗显得整饬、利索。不仅在形式上，包括前面分析到的《河流之美》和《春潮》，从这些例子可以看出，朱光明写诗的时候并不全凭情感冲动，在谋篇布局上还是颇为讲究的。仅凭此，完全有理由说朱光明显示出一个优秀诗人的潜质和素质。

4

朱光明写了不少关于山水、自然的诗，尤其是河流，或许河流是他生活中熟悉的对象。他在诗歌中不厌其烦地提到了许多河流的名字，诸如岷江、金马河、白沙河……我想完全有理由说，河流是朱光明比较偏爱的意象，而且在河流这个意象上，朱光明倾注了许多难以言尽的情感。我觉得很多时候，朱光明既是在写河流，更是在写自己，以及自己这一代人。

比如在《金马河边的芦苇》里，无声的"金马河"和河边的"芦苇"所表达的正是诗人"散步，静坐，哭泣"的孤独感。再比如《如此众多的河流》，诗人似乎是望着一条条远去的河流而发呆，独自默想远方"它们是不是大山/没有哭出声的眼泪呢"，"河流"似乎成了诗人自己的写照，诗人赋予了"河流"以苍茫的命运感。《小河秋意图》《我原谅了一条河流的全部》《白沙河》《一条河流的成名史》《平原礼赞》等都与之类似，特别是最后两例，写得更为开阔、大气。

在这些作品中，朱光明的情感往往是萧瑟甚至于近乎悲咽的，情之所至，诗人偶尔会低声"哭泣"，比如《金马河边的芦苇》《小河秋意图》等。作品时常流露出无从把握自己命运方向的茫然感，诗人时常从自然景物当中"读到了生命的成熟、悲凉"（《秋日游平羌小三峡》），他不知道"我的存在感该如何来刷"（《车过武汉长江大桥》）。这种情绪该如何解释，难道仅仅是青春期、成长期特有的彷徨和迷茫吗？

5

我曾在一篇文章中专门讨论过"80后"诗歌，许多"80后"诗人的作品里同样充溢着"暮气沉沉"的想象与表达。其实年龄、代际并不见得是一个有效的划分标准，某种程度上，因为身处同一个时代，许多人都可以归为"同代人"。所以，滤掉个人情绪化的成分，我觉得朱光明笔下黯淡的诗情、对未来的那种茫然无措感是具有社会症候意义的，似乎正反映了一代人的文化命运。

无数的诗人吟咏过山水自然，山水自然象征着生命、长久和公理。但是在朱光明的《白沙河》里，像传说一样绵长、久远的河流却因为"一个小小的污水厂"便"交出了绝对的清澈"，"三天时间，十万工厂/起了它的底色，变了它的模样"。触动诗人的不仅仅是自然生态受到污染、破坏，而是"我祖传的血脉/是否会像白沙河一样浑浊起来"。又如《一条河流的成名史》的中段写到的，"大城市的消耗"，"工业的浸染"，电站、堤坝的拦截，这些都在破坏着河流，破坏着河流象征的"血脉"。《一条河流的成名史》事实上也隐喻了传统文明遭遇的现代劫难，许多我们崇敬的东西遭到了践踏，许多错误甚至罪行却又不断地被重复。从生态文学的角度来看，像这样的诗充分反映了一代人正在经验的价值观念里断裂和转型。

6

可以看得出来，朱光明对于语言表达是加以锤炼、加工的，词语的择取大多比较书面化，抒情也富于文学气息。也有些作品，像《车过武汉长江大桥》，语言较为简单、直白，接近所谓的"口语诗歌"的风格。在我看来，"口语诗歌"并不是一个饱满、严谨的概念，这种命名对汉语的历史、特性以及诸多概念等都缺乏考察和辨析，所以在许多方面是经不起推敲、追问的。"口语诗歌"可以看作是一种方法和风格，其主要功效在于撬动语言的意识形态性，这也正是20世纪80年代"第三代诗歌"傲然崛起的根本原因。但必须明白的是，"口语"入诗，一定是需要加工的。"口语并不是诗，口语是在经过诗人处理之后，有些成了诗，有些只是口语，永远是口语。"（于坚、谢有顺：《诗是不知道的，在路上的》，《南方文坛》2003年第5期，第39页）"未知生焉知死"，从这个角度来说，只有先理解了"诗"，才能理解何为"口语诗歌"。诗歌当中的"口语"其实主要是指"日常的用语""说话的调子"以及因为自然流淌而显现出来的"诗歌的散文美"，浅陋、粗鄙、松散这些不是口语的"美"，而是诗人应当警惕的口语的缺陷。所以，归根到底，诗歌应该是"美"的活动，"美"当然是多种多样的，有整饬的美，也有错落的美，有韵文式的美，也有散文式的美。

7

就目前的情况来看，朱光明的作品体量上一般都比较短小，一般都在四十行以内；语言表达也比较直接，暗示性稍欠；大多数作品都是围绕自然、河流展开，表达敏感、柔弱的人生迷思；抒情风格也比较浪漫、哀婉。所以，我觉得朱光明还不够成熟，还没有形成自己稳定的、标志性的创作特色。但是反过来说，朱光明并没有浪费青春期给予他的宝贵馈赠，甚至可以说青春的孔雀还没有在他面前完全展现自己美丽的翎羽。因而那些与其说是不足，倒不如说是希望和建议。尤其是基于前面的阅读感受，我想也完全可以乐观地说，诗歌留给朱光明的时间还很多。

2017年4月5日

冯雷：文学博士，北方工业大学中文系副教授，日本东京大学JSPS外国人特别研究员，主要从事中国现当代文学与北京城市文化研究，曾在《日本中国当代文学研究会会报》《中国现代文学研究丛刊》《光明日报》《诗刊》等发表论文百余篇，著有《轮廓与高光：新世纪诗歌论稿》等专著两部。

被掩埋的生活

李啸洋

巴山之忆

古诗中，山都是厚重的意象。四川多山且高夷险阻，刘禹锡的诗歌中，巴山楚水是典型的"凄凉地"。巴山，似乎历来都以一种神秘寒凉的形象跃在读者面前。李商隐在《夜雨寄北》中有巴山的名句："君问归期未有期，巴山夜雨涨秋池。何当共剪西窗烛，却话巴山夜雨时。"

不论古代名家怎么临摹巴山，巴山始终是文人墨客的客居之所，不是生于斯长于斯的故乡。但对于诗人朱光明而言，巴山是他的故乡。这种眼光，势必会生成一些美学上的不同。山水环绕，不仅勾起了记忆，也勾起了巴蜀大地的神秘。《巴人的居室》中，诗人写道："巴人的居室/在夜里静默沉迷/清晰有如盲人的呼吸"。大风临照之时，垂暮的老人，喘息的星火，乃是年轻诗人与祖先对话的时刻。巴山是诗人的故乡，大巴山连着九重天，巴山的神秘感召唤夜晚，巴山是一个不断被诗人赋予新意的形象。

作为故乡，诗人对大巴山的情感是复杂的。《大山的密码》中，大巴山象征着祖先和血脉："在大巴山，在祖先歌唱过的山脉顶端/我诞生了/和太阳一起诞生了//我得以与太阳齐名/我得以，与生俱来/掌握着大山里的密码"。《无题》中，大巴山是与世隔绝的荒野之地，是囚禁人生的牢笼："从放牛娃到师范保送生/到普通村夫，到七个孩子的父亲……脚有无形枷锁，在大巴山中画地为牢"。《故乡》中，诗人描述了大巴山的故乡形象：在大巴山腹地，诗人的思想和干燥的土地合而为一。《在古东关，眺望县城全景》中，大巴山中的县城"是一座怯懦的县城，没有冷漠/没有孤傲。只有一城抑郁/委身于巴山腹地，后河河谷/在群峰的夹缝中，谋生存，求发展"。大巴山底的县城是诗人自喻伤怀的地方。《我在等他回来告诉我那里神奇的世界》中，大巴山是一个古老的童话之地："大巴山，高又端，往上连着九重天/大巴山的山顶多落日、云朵、雨雪"。

离开与归来，是诗人描摹大巴山的两个戏剧性动作。诗人在《火车穿过大山》中描述了离开之经验："火车穿过大山/就像是一枚，从城市/射出的流星"。离开意味着分别，分离的感觉是"那些最久远、最模糊的记忆——第一次啼哭、第一次恐惧，混杂在一起"（帕斯：《对现时性的追寻》）。归来则意味着成长蜕变与重新审视，归来看山却不是山。用诗人的话来说，归来是"人往低处走"，这个低不是功名与地位的高低，而是一种谦虚与充实的人生姿态，一种对农耕时代文明的暮想与认同。大巴山有松柏、云雀、村庄、河流、梨花，大巴山住着慈祥的人，《岷江》中，诗人从大巴山腹心的大湾梁出发，但是却害怕"卷入一片比长江更大的人海"。归来还是离开？这是一个永恒的悖论。诗人在这两种经验中游弋徘徊。《巴山》一诗中，诗人似乎甩开了这个焦虑问题，走向一种形而上的平静："在这连绵起伏的山脉顶端/男人女人，稻麦柴火/这巴山的象征，这巴山的主人/长年累月/向着耕地水田，逐渐磨平了野性"。

"逝"之河流

诗人集中书写的另一个主题便是河流。河流是这个世界最初的赐福者，但又像遁世而去的背叛者。河流背负着世相，背负着逝去与死亡。逝与存，清与浊，欣与悲，围绕河流的二元矛盾，构成诗人书写的隐脉。

诗人的故乡万源，因地处万顷池且为诸水源头，故名万源。《如此众多的河流》中，诗人对万河之源进行了描写：中河、后河、任河、雷公滩、白羊溪、玉带河、肖家河、龙潭河、岗溪河、白沙河、斯滩河……河流源源不断地从大巴山流出，又源源不断地流向远方。"我始终相信/一条河流/承受的东西，比我多得多"。《河流》中的这两句诗，可以视为诗人河流写作的"诗眼"。河流，渗透到诗人的生命经验之中。

一条河流把声音倾注在生老病死中，一条河流逐渐与自己走散，一条河流逐渐流成诗人的知音，一条河流蒙上了光环，构成了最初的希望与歉意。无论河流怎样流逝，诗人都选择了原谅。《故乡河流的悲哀》中，诗人表达了一种失望的经验：虽然万源是万河之源，看似磅礴大气，实则"悲哀"。因为与长江黄河相比，故乡的河流水流量小，在河流的诗歌书写史上并不算有名。但最终，诗人接纳了故乡河流的不完美："故乡的河流，从起点到终点/澄澈清明一生，是它摆脱悲哀唯一的理由"。原谅和接纳的命题，也延续到了《我原谅了一条河流的全部》一诗，诗人原谅了河流在春天的泛滥，原谅了河流向前奔涌不复，原谅了一条河的不回头。及至最后，原谅和宽恕成为接纳姿态："在低处，呼应着我的内心深处的暗语/我便原谅了它的全部/俗世中，我便有了我唯一的知音"。

哈罗德·布鲁姆在《读诗的艺术》中写道："诗本质上是比喻性的语言，集中凝练故其形式兼具表现力和启示性。"在朱光明笔下，河流是一种比喻，时而比喻逝去，时而比喻女性，时而比喻一种故乡经验的偏离。透过这种比喻，诗人慰以追寻故乡。

古希腊哲学家赫拉克利特曾言："人不能两次踏进同一条河流。"当诗人以诗的形式重新踏进故乡河流时，生命中最原始、最欢快、最盈满的经验从心底发散出来。从河的流淌中，诗人重新发现夜色、村庄、传说、姑娘、庄稼，发现河流的前世今生。河流隐藏着一个人的表面与内心。《任河》中诗人写道："一旦有了说不出的心事/就沿着任河走走/去看那波光闪烁、河水流淌/多像一个人的表面与内心"。《白沙河》中，诗人写道："我祖传的血脉/是否会像白沙河一样浑浊起来"。河流是丰富的灵感的来源，最后变成天恩，帮助诗人把更多的生命注入诗歌之中。《岷江》中，诗人念及一片苍茫的岷江，河流入海的过程，也是被生活选择和淘洗的过程。诗人这样写："这让我想起我身体的疼痛，生活的悲哀/……/我会卷入一片比长江更大的人海，来不及片刻的挣扎"。诗人从河流鉴照出自己，把自己投进时间的边界，化出一种河流般的天性。

返乡之途

秋天，是一个庄重的时刻，是诗人写给时光的长信。在《大风吹得越远越美》中，诗人写道："大风是自然界的乳房/大风吹得越慢/自然界就越纯真"。自然界的秋天如何纯真的？诗人在《庄稼人的秋天》中给出了答案："整个秋天/全都是庄稼人的/它从来不属于任何诗人艺术家"。《金马河边的芦苇》和《故乡的秋色》中，秋天是怀念的经验，是落叶归根的经验，秋天里的树叶也像往事一般。

《大草原上》和《夜过古东关》都有一个诗眼。《大草原上》的诗眼是"大"，"大草原上，满是大雪的声音"。雪色盛大，大到空旷。《夜过古东关》的诗眼是"深"，"夜深了，古东关也深了/班车驶过的声音也深了/幽深了，深远了"。"大"和

"深"既是自然经验，也是诗人的心灵经验。除了这两种经验，诗人还写到了"怕"和"痛"。《钉子》中，钉钉子是打工父母唯一的生活。诗人害怕听到"钻心刺耳的金属碰撞"，因为那"是他们生活里唯一的声音"。《祖父的病》中，"祖父最怕的还是草"，最后，"是草战胜了祖父/还把旌旗插到了祖父的坟头"。这两首诗，一首描写打工生活，一首描写死亡经验，二者都是真实的生活。

诗人将痛苦与死亡的主题置放在城乡经验的二元下，并将其延伸到其他诗歌之中。《父亲的江山》中"三亩菜园，五亩旱地，十亩水田"是父亲的江山，但一旦进城务工之后，父亲便丢了江山。《母亲记》中，母亲是工地上的女人，她的手与砖木死磨硬泡，表面上诗人写的是较劲儿的生活，实则写的是城市中如何卖苦卖命。菊红脆是桃子的一个品种，乡下人种植的桃子源源不断运到龙泉驿这座汽车工业城，城市人吃桃，丢掉的桃核无法生根。透过桃子，诗人看到了乡下人的命运，一波又一波进城的桃子，成为漂泊的隐喻。（《龙泉驿的菊红脆》）

《少年游》中，诗人还是那个青春悠悠的少年。回到故乡，城市里的面具都被卸下了，诗人的返乡之途，是重寻自我、重新回归生命天真时刻的过程。正如《重庆》中所写："生活是一座巨大的迷宫，长凉山茂盛的植被/收藏着你永远无法找回的童年时光"。看多了城市的不如意，诗人的心中还是认同旧的锈掉的故乡，故乡朴素的一面是诗人心中明亮的灯盏。在诗和语言的虚拟中，故乡复活。《一田在坚守最后的玉米》里："在村庄最后的一块玉米田里/铺成一田只有死亡才有的平静"。《一只蚂蚁举起的重量岂止那么多》："生活在大地上的蚂蚁/举起的就是整个世界"。《我们都是被生活所掩埋的人》："走在街上，我是被人潮所掩埋的/回到家里，我是被琐事所掩埋的/去往医院，我是被恐惧所掩埋的"。

《于此录》中，诗人连续用了多个"于此"："野花生于此，青草发于此，石头开花于此，大树挺拔于此/太阳于此，月亮于此，北斗星照于此/秦岭于此，巴山于此，秦巴连脉于此/季风于此，气候于此，川鄂陕渝于此，界碑于此/山于此，水于此/生于此，活于此，长眠地下于此。"诗人用"于此"构成的排比，"于此"是个开头，又是一个结束，山山连脉于此，水水相通于此，生命于此，世界于此。诗人欲言又止，一个"于此"既缝合了现在和当下，又将故乡置于时间的永恒之中。"风一下子就把我，从年少/吹成了年老。"这是《山坡上的风》中的一句诗，每个人回望的故乡，都是失去的故乡。不断重寻失去的东西，在此过程中懂得珍惜，这也许就是生活。而诗人的职责，正是以语言的轻盈，发现被掩埋的生活。

李啸洋：笔名从安，"南京市青春文学人才计划"签约作家。电影学博士，撰写影评、诗歌、小说、剧本、评论等。诗歌刊载于《诗刊》《星星》《中国诗歌》《延河》《青春》《解放军文艺》等，诗歌有《上茫篇》《石头经》《临帖记》《锁》等，诗评有《废墟美学与记忆拓片："针线"与"雕花"的故园辞》等，诗论有《物与辞：新诗的语言秩序与美学哗变》等，曾获《星星》诗刊2017年度大学生诗人奖等。

光明之河中举起大地的蚂蚁

——读诗集《小河秋意图》

左　手

　　2017年7月的某个晚上，程川、莱明与我在成都小巷撸串之后，便一同前往光明的住所摆龙门阵。这是我第一次见到朱光明，方形眼镜框支撑起瘦削而坚毅的面颊，平静的眼神仿佛已然洞察人间世事，散发出这个年纪少有的成熟与淡然。会面的瞬间，他试图用精瘦的身子抱起我，在这样的拥抱中我感受到骨骼的质感、河流的呼吸以及大巴山深处迷人的心跳，而这些奇妙的感受也都自然流淌于他的诗歌作品当中。

"光明之河"及其写作向度

　　作为"蓉漂"与"北漂"青年诗人，朱光明的诗歌作品具有"巴蜀侠客"的风骨、"拙朴"的质感与"平实"的品性，他携带着少年时期浪漫主义的梦幻，进入霓虹灯的光怪世界，"大巴山—成都—重庆—北京—大巴山"，反复的转折与奔波，恰似一条河流的奔流不息："一条河流的流经路线，向南走了，又向东走/向东走了，又向北走，向北走了，又向南走/如此循环，如此往复"（《一条河流的成名史》），而这些生命足迹都逐渐渗入其诗歌表达中。朱光明诗歌中关于"河流"意象的书写与挖掘相对而言较为突出，《河流》《河流之美》《金马河边的芦苇》《我原谅了一条河流的全部》《岷江》《白沙河》等众多诗歌作品对于"河流"意象的不断"拼贴"与"强化"，使之转化成一幅漫长、深远、情节曲折的"河流意向图景"，诗人试图将这些年漂泊的"无根感"，寄托于河流的"流淌""潮汛""清澈""悲哀"与"暗语"当中。读懂诗集《小河秋意图》"河流"这一意象，也就慢慢进入了诗人的生活历程与精神动态。

作为朱光明诗歌写作的重要向度，"河流"这种独特的"观演视角"进一步拓展开诗歌的空间维度与时间历程。随着"河流"意象的推进与演化，我们可以从中看到"如此众多的河流/源源不断地从大山里流出"（《如此众多的河流》），而"出了巴山，河流走向了低处、浑浊"（《出巴山记》），"小重山已过"之后（《故乡河流的悲哀》），接着"河流对大地写下缠绵悱恻的情书"（《平原礼赞》），最后"在东海里物我两忘"（《一条河流的成名史》）。"河流"成为诗人娓娓道来的写作方式，由此也成为"故乡""村庄""梨花""高原""雪山""洞庭湖"等一系列相关意象的"连接体"与"导火索"，这些意象带着故乡绵绵的思念、异乡淡淡的愁绪以及对生活持续的期许，共同生成朱光明诗歌的意象群落，与诗人的生活经历相契合，构成诗集《小河秋意图》中重要的"建筑结构"。

另一方面，"河流"也成为诗人寄托情感、施展抱负与倾诉的对象，"一条河流/承受的东西，比我多得多"（《河流》）、"小河的上游住着我心爱的人"（《春潮》）、"我了解一条河流/如了解我的前世今生"（《河流之美》）、"我时常羡慕大地上那些奔腾的河流"（《九月》）、"当一条河流从我的身边哗哗流过/在低处，呼应着我的内心深处的暗语/我便原谅了它的全部"（《我原谅了一条河流的全部》），从这些诗句中可窥见一斑，河流承载着诗人的"爱情""思乡之情""内心愁绪"与"向上动力"。作为从大山中走出的90后诗人，面对残酷世界，诗人承受着生活给予的"幸运"与"不幸"，却总能像河流一样"把弯路走到尽头"。"河流"在拓宽诗歌时空维度与丰富性，实现诗人语言主体性的诗学价值的同时，也逐渐凝练成为朱光明诗歌的精神内核，并指向语言之上的"存在"及其"心性"，成为生活的"光明之河""希望之河"。

"举起大地的蚂蚁"及其诗意之源

新诗写作的重要动机，或者说最终目的之一是忠实于内心，并写出自己。在日常生活中思考，提取诗意，淬炼情愫，并借由诗人独特的美学特性与清晰的语速、节奏，形成属于自己的语言磁场。这种意象化的磁场、碎片式的场景、梦呓般的叙述，经由一组或者多首诗歌作品拼合诗人在诗歌中的"完整形象",并让读者体会到诗歌饱含情感的语气,以及日常生活中诗人内心世界的生长与蜕变过程。如果说要从诗集《小河秋意图》中探寻朱光明诗歌意象的本质源头,必定涉及诗人自身磁场与生活经历。

朱光明凭借扎实的生活经历,在诸多90后诗人中显得格外独特,"大巴山""万源""赵塘村"这些渐次缩小的地名在白描般的叙述语言中逐渐显露真诚与朴实的本质。《祖父的病》《母亲记》《父亲与香烟》《村庄里的大龄儿童》等从大山里生长出来的诗歌,饱含着诗人刻骨铭心的生活情愫与经历,并借由《关于火车的推理》《火车穿过大山》《火车驶过我的村庄》等诗作中"火车"意象的空间转移,与《重庆,重庆》《车过武汉长江大桥》诗歌作品中的城市生活形成鲜明对比。而这种空间的错位与情绪的对比也成为"河流"这一诗歌意象生成与流淌的必要条件,借此勾勒出诗人的精神宇宙。

每当读到朱光明的诗歌,我都会情不自禁联想到诗人给我的第一印象,这种印象往往成为诗人作品当中最为迷人的部分。诗集《小河秋意图》充分印证了我的这一感受,其诗歌肌理与诗人本身的独特气质构成了某种和谐的"生命共同体"。尤其当我读到:"一只蚂蚁举起的重量岂止那么多/如果我们重新审视,倒置一下视野//生活在大地上的蚂蚁/举起的就是整个世界"(《一只蚂蚁举起的重量岂止那么多》)。诗人成熟、质朴、精瘦的形象顷刻间浮现眼前,诗作中"蚂蚁"的诗歌意象自然而然嫁接于诗人的个人磁场，而就是这样一只"弱小"却能"举起世界"的蚂蚁，在四处漂泊中试图寻找精神的栖息之所，并实现个人抱负。

此外，作为从乡村走进城市的青年诗人，诗人写作题材从故土亲情、山水自然延展至异乡愁绪、城市生活，借由"河流"这一诗歌意象，寓情于景，书写自我生命的观照与体验，正如诗人自身散发出的那股成熟而淡然的磁场，其语言的生发与游走都自然而然，尤其是在《落日谣》《大草原上》《麦子之诗》《大山的密码》《短诗一束》等篇幅有限的短诗中，这种生命的真切体验与诗意的自然生长，形成了美妙的语言张力。与此同时，来自大巴山深处的朱光明，身上自带一股巴人特有的"朴拙"与"平实"的质感，这种地域本土所赋予的个人品性，充分展现于诗集《小河秋意图》中，形成一幅幅写意图景。

四处漂泊、怀念故土的城市漫游者，碎片化的现代性自我，亲近自然与现实的河流旅行家，借由微弱而坚忍的"蚂蚁精神"，在"失范"的时代与内心的"光明之河"中重建个体、地域与时代的语言体系，已经成为包括朱光明这样一群90后诗人不容规避的写作命运与生存现实。从诗歌构成内涵、现实转化成语言的能力、独特的主题演绎以及逐渐呈现出来的复杂化写作体验来看，朱光明诗歌的写作向度与动机不断促使"诗歌、现实、诗人"构成三位一体的融贯系统，其作品值得更多人仔细品味与研究，其未来写作态势值得期待。

写于重庆大学建筑城规学院

2019年10月30日

左手：本名王华，1991年生于湖南武冈，重庆大学城乡规划学博士，著有诗集《林间巨兽》。